Krüger · Die Frau des Griechen

Hardy Krüger

Die Frau des Griechen

Erzählungen

Blanvalet

Gesamtherstellung: Ebner Ulm
ISBN 3-7645-0016-6 · Printed in Germany

Inhalt

Für Luv

Anfang 1972, an einem Frühlingstag mit starkem Föhn, stand Axel Poldner, Freund von Buchhändlern und Literaten, unangemeldet in meinem Zimmer am Starnberger See. Er hatte die Chronik *Eine Farm in Afrika* gelesen und auch mein Kinderbuch *Sawimbulu* und drängte mich, nicht nur in meiner freien Zeit zu schreiben. In den Jahren darauf entstanden die Romane *Wer stehend stirbt, lebt länger* und *Schallmauer.*

Vor zehn Monaten, an einem Regentag, hockte ich auf gepackten Koffern, aufbruchbereit zu einem lang geplanten Alaska-Flug. Poldner stöberte durch Manuskripte auf meinem Schreibtisch. Er fand die Erzählungen *Ann* und *Heute vor ein paar tausend Jahren* und lief damit zu meinem Verleger.

Olaf Paeschke sagte, zwei Erzählungen seien nicht genug, er brauche sechs bis acht davon, und das Eis Alaskas würde schon so schnell nicht schmelzen. Und so entstand, angespornt durch diese beiden Freunde, anstelle meines Fluges in das Unbekannte ein Band Geschichten der Vergangenheit.

Hardy Krüger
Lake Arrowhead, Kalifornien,
im Februar 1980.

Ann

Sie kam ihm durch das viele Grün entgegen.

›Wie gut, daß ich gewartet habe‹, dachte der Mann, ›ich hatte schon nicht mehr mit ihr gerechnet.‹ Er sah auf seine Armbanduhr. Der Zeitplan, den die Frau bestimmte, ließ ihm noch neunzehn Minuten Zeit.

›Beim Gehen hat sie eine Eigenart‹, dachte der Fremde. ›Sie stellt die Zehen seitlich vorwärts. Mit platten Füßen hat das nichts zu tun. Ann geht, wie Tänzerinnen laufen. Mit hohlem Kreuz. Und Arme seitwärts, unbewegt.‹

Das lange schwarze Cape des Mädchens blähte sich im Wind. Die letzten Schritte lief sie eilig auf ihn zu.

»Wir sind sehr unvorsichtig, uns hier zu treffen«, sagte sie.

»Dein Cape gehört in eine andere Welt«, sagte der Fremde.

»Wie meinst du das?« fragte das Mädchen.

»Es hüllt dich ein in irische Jahrhunderte, von denen du nicht viel weißt«, sagte er.

Sie runzelte die Stirn.

Es war Mittagszeit. Ausnahmsweise schien einmal die Sonne. Angestellte aus den Büros waren in den Park gekommen. Ladenmädchen schlenderten über die Wege des *St. Stephen's Green* und stopften sich mit Schokolade voll.

Der Mann deutete zu ihnen hin. »Andere Mädchen tragen dünne Blusen«, sagte er. »Es ist ein selten warmer Tag. Die Röcke werden immer kürzer. Mit dir und deinem Cape verglichen, sind die anderen Frauen nackt.«

Sie lachte. Er wollte sie küssen.

»Nein«, sagte Ann. »Nicht hier. Es sind zu viele Raben in der Nähe.«

Er sah sie fragend an.

»Laß uns zum See hinübergehen«, sagte sie. »Hast du Vogelfutter mitgebracht?«

Er gab ihr die Tüte.

»Wir sollten uns hier nicht sehen lassen«, sagte Ann. »Ein paar Leute aus dem Hotel haben dich sicher schon erkannt.«

»Wenn dein Chef etwas erfährt, werde ich mit ihm reden«, sagte der Fremde.

Ann zog die Schultern hoch.

›Wie eine Irin, widerspruchslos von fremden Söldnern an ein Kreuz genagelt‹, dachte der Mann.

»Laß uns zum See hinübergehen«, sagte Ann.

»Verlaß dich drauf, ich spreche mit Mr. Hillcox«, sagte der Mann.

Sie gingen nebeneinander her.

»Er wird sich blähen wie ein Truthahn«, sagte das Mädchen, »weil du in sein Büro gekommen bist. Und ich behalte meine Stellung ein paar Tage länger.«

»Ein paar Tage?« fragte er.

Ann lachte. »Kaum bist du auf dem Flugplatz, bin ich auf der Straße.«

Er legte seinen Arm um ihre Schulter. Sie zuckte erschreckt zusammen.

»Zum Teufel mit diesem Mr. Hillcox«, sagte der Mann.

»Bitte nimm den Arm von meiner Schulter«, sagte das Mädchen. »Es geht nicht nur um meine Stellung.«

»Sondern?« fragte er.

»Einer meiner Männer könnte uns sehen«, sagte sie.

Der Fremde nickte lächelnd. »Verstehe. Wieviele Männer hast du?«

»Zwei«, sagte sie.

»Zur gleichen Zeit?« lachte der Fremde.

Ann nickte. »Mit dir sind es drei. Stört dich das?«

›Es ist schwer, aus ihr schlau zu werden‹, dachte der Fremde.

»Es stört mich nicht«, sagte er. »Die Zeiten haben sich geändert. Vielweiberei ist unmodern geworden. Vielmännerei ist das Gebot der Stunde.«

»Du nimmst mich nicht ernst«, sagte sie.

»Nein«, sagte er.

»Es stimmt aber«, sagte Ann. »Willst du nicht wissen, wer die beiden anderen sind?«

»Nein«, sagte der Fremde.

»Der eine würde gerne Bilder malen«, sagte Ann, »aber das meint er nur so, weil er jeden Tag acht Stunden lang die Fettgerahmten erklären muß, die von toten Meistern stammen.«

Der Fremde sah auf seine Uhr. »Noch siebzehn Minuten«, sagte er.

»Tatsächlich?« fragte Ann.

Der Mann nickte. »Du schenkst mir deine Mittagspausen, doch wenn du von meinen Nebenbuhlern sprichst, nimmst du mir die Geschenke wieder weg.«

Ann schwieg eine Weile.

»Mein Mann ist Fremdenführer. In der *National Gallery of Art*«, sagte sie dann.

Der Fremde stöhnte. »Und der zweite?«

»Der zweite ist eigentlich der erste«, sagte Ann.

»Wo ist er?« fragte der Fremde.

Ann hob die Schultern und sah sich um. »Er fliegt vermutlich hier herum.« Sie kauerte sich auf dem Rasen nieder. »Du könntest mich mitnehmen«, sagte sie.

»Wohin?« fragte er.

»In dein Land. In dein Haus«, sagte sie. »Dann wär' ich alle beide los.«

Er legte sich neben sie.

»Merkwürdig«, sagte er, »nur ein paar Stunden Sonne und der Rasen fühlt sich warm an.«

»Was würde deine Frau sagen?« fragte Ann.

»Zu mir nicht viel«, sagte er, »doch Hunderte von Worten zu ihrem Anwalt.«

»Siehst du«, sagte sie. »Niemand zeigt Verständnis. Mr. Hillcox ebenso wenig wie deine Frau.« Sie sah zum Himmel hoch. »Zimmermädchen machen Betten. Hineinlegen tun sich die anderen.«

»Meine Frau hat noch niemals gern geteilt«, sagte er.

»Ich auch nicht«, sagte sie. »Nur, mich fragt niemand. Ich werde geteilt.«

Eine Taube mit Übergewicht watschelte an Ann

vorbei. Das Mädchen warf ihr ein paar Körner zu. Der Mann sah sich im Park um. Aus allen Richtungen kamen die Vögel angeflattert.

»Kennst du die *Place de l'Opéra* in Paris?« fragte er.

»Nein«, sagte sie. »Ich kenne Dublin, Kilkenny und Wicklow. Das ist alles.«

»Auf dem Opernplatz gibt's viele Tauben«, sagte der Fremde. »Ein Freund ging unter ihnen hindurch. Er sollte vorsingen. Er hoffte auf einen guten Vertrag. Kein schlechter Tenor, aber es geht ihm vieles schief. Eine Taube hat ihm auf die Schulter geschissen.«

Ann legte ihr Gesicht in das warme Gras. Ihr Rükken zuckte.

»Der Anzug war erst ein paar Stunden alt«, sagte der Mann, »mein Freund zog seine Jacke aus und stopfte sie in einen Abfallkübel.«

»Nicht möglich«, rief Ann, »die ungetragene Jakke?«

»Ja«, sagte der Mann. »Mein Freund war sehr beleidigt.«

»Und dann?« fragte Ann.

»Dann kaufte er Vogelfutter und Pflanzengift.«

»Hör auf!« rief Ann.

»Ich schwöre«, sagte der Mann. »Die Tauben kämpften um das Gemisch. Dem Tenor machte das viel Spaß. Eine alte Frau kam vorbei. ›Darf ich etwas von dem Futter haben?‹ bat sie, ›ich helfe gern den armen Vögeln. Doch gegen Monatsende bleibt nicht viel von meiner Rente.‹ Mein Freund verbeugte sich galant. Er sagt, er hätte gesungen ›Reich mir die Hand, mein Leben‹, als er der alten Dame die zwei Tüten gab.

Dann stellte er sich an die nächste Straßenecke und beobachtete beglückt, wie die Tauben tot aus dem Himmel und von den Dächern fielen.«

»Schrecklich!« rief Ann.

»Das Schlimmste kommt noch«, sagte der Mann. »Hunderte von toten Tauben erregten Entsetzen. Man rief nach der Polizei.«

»Und?« fragte das Mädchen.

»Die Polizisten suchten eilig nach dem Übeltäter«, sagte der Mann. »Was glaubst du, wen sie verhafteten?«

»Die alte Dame«, sagte Ann.

»Genau«, sagte der Mann. »Noch auf dem Weg zum Polizeiauto soll sie freundlich Gift unter die Tauben gestreut haben.«

»Wie spät ist es?« fragte das Mädchen.

»Noch fünf Minuten«, sagte der Mann.

Sie steckte die Tüte mit dem Vogelfutter in seine Jackentasche und lief zurück in ihr Hotel.

Ihre nächste Mittagspause verbrachte sie in seinem Zimmer.

»Du liebst nicht gern«, sagte der Fremde, »du läßt dich lieben.«

Ann sagte nichts.

»Und du legst niemals deine Kleider ab«, sagte er.

»Nachts schon«, sagte sie und lachte.

»Nachts kommst du nicht hierher«, sagte er.

»Nein«, sagte sie. »Es ist auch besser so.«

»Warum?« fragte er.

»Weiß nicht«, sagte sie.

»Warum?«

»Wenn du alles von mir weißt, wirst du mich nicht mehr haben wollen«, sagte sie.

»Unsinn«, sagte er.

»Doch«, sagte sie. »Dann steckst du mich in den Papierkorb. Wie der Tenor seine Jacke.«

Der Mann lachte.

Hagelkörner schlugen einen Trommelwirbel an das Fenster. Ann erschrak in seinen Armen.

»Deine irischen Götter bewerfen mich mit Steinen«, sagte der Fremde.

Ann legte seine Hand auf ihre Augen. »Ich dachte schon, es sei der Rabe.«

Am nächsten Mittag kam der Fremde spät in sein Hotel zurück. Als er nach dem Zimmermädchen klingelte, erschien ein alter Kellner.

»Eine Flasche *Blanc de Blanc*, wie üblich?« fragte er.

»Ja«, sagte der Fremde, »wie können Sie das wissen?«

»Ann hat es mir aufgetragen. Das Stubenmädchen hier auf Etage zwei«, sagte der Kellner. »Die Dunkle mit den langen Haaren.«

»Hat sie heute frei?« fragte der Fremde.

»Nein«, sagte der Alte. »Mittagspause. Nachmittags ist sie wieder hier.«

»Die Sonne ist faul heute«, sagte der Fremde. »Sie wagt sich kaum in dieses Zimmer.«

»Das haben Sie gut gesagt«, meinte der Kellner. »Ann hat mir erzählt, Sie spielen hier Theater.«

»Ja«, sagte der Fremde. »Prinz von Homburg. Haben Sie schon einmal von dem Stück gehört?«

»Nein«, sagte der Alte.

»Die Kollegen, mit denen ich zu tun habe, auch nicht«, sagte der Gast.

»Sie klingen unzufrieden, junger Mann«, sagte der Kellner.

»Ich bin unzufrieden«, sagte der Fremde.

»Meine Frau geht oft ins Theater«, sagte der Kellner, »meine Tochter ebenso. Ich weniger. Wo treten Sie auf?«

»Im *Abbey*«, sagte der Mann. »Ab Dienstag.«

Er ließ sich eine Seezunge aufs Zimmer bringen. Dann machte er einen Spaziergang durch die Straßen. Am Nachmittag war wieder Probe.

Abends traf er einen alten Freund, Tom Woodman von der *Irish Times.* Der Fremde war verschwitzt und müde. Tom Woodman ging neben ihm her und stellte viele Fragen. Bei der *O'Connell Bridge* sagte der Fremde: »Die Liffey ist kein schöner Fluß.«

»Nein«, sagte Woodman. »Andererseits – wie blau ist heutzutage schon die Donau?«

»Die *Pubs* sind offen«, sagte der Mann. »Wir sollten einen trinken gehen.«

»Gern«, sagte der Journalist. »Sehen Sie das Mädchen da drüben auf der Bank? Eine verwirrende Person.«

Der Fremde drehte sich um und sah Ann vor einem Denkmal.

»Welches Mädchen?« fragte er.

»Die Hübsche mit dem langen schwarzen Cape«, sagte Woodman. »Ich bin mit ihr ganz gut gefahren.« Er verschluckte sich und hustete. »Möglich, daß Sie ihr begegnet sind. Sie arbeitet in dem Hotel, in dem Sie wohnen.«

»Wer ist der Kerl neben ihr auf der Bank?« fragte der Fremde.

Woodman nahm seine Brille ab. Er spuckte auf die Gläser.

»Ihr zweiter Mann.« Er rieb seine Brille umständlich sauber.

»Warum sind Sie mit ihr ganz gut gefahren?« fragte der Fremde.

»Die Frau bietet Stoff für einen Roman. Doch das ist sehr viel Arbeit. Außerdem gibt es Geschichten wie die der Ann da drüben dutzendfach in Irland. Und in anderen Ländern druckt mich keiner.« Woodman setzte sich auf das Geländer. »Ich habe eine kleine Novelle über die Frau geschrieben.«

»Ich komme um vor Durst«, sagte der Fremde.

»Anns erster Mann war ein Poet«, sagte Woodman. »Jetzt klopft er seine Verse an ihr Fenster.« Er beugte sich vornüber und lachte. Der Schauspieler lachte nicht mit. Er warf einen Blick zu dem Mädchen hinüber. Sie hatte ihn gesehen.

»Spreche ich in Rätseln?« fragte Woodman.

»Ja«, sagte der Fremde.

»Der Dichter hat sich umgebracht«, sagte Woodman. »Jetzt lebt er als Rabe weiter.«

›Ich sollte hinübergehen und sie von der Bank holen‹, dachte der Schauspieler. ›Es ist die Zeit, die mir gehört. Auch wenn es nicht mehr Mittag ist. Ann gehört in mein Bett. In Zimmer 28. Mit schwarzem Rock und Kniestrümpfen, selbstgestrickt, aus weißer Wolle. Und mit dem Namen des Hotels auf ihrer Bluse.‹

»Sie hören mir nicht zu«, sagte Woodman.

»Nein«, sagte der Fremde, »tut mir leid.«

»Der Dichter«, sagte Woodman.

»Ja«, sagte der Fremde, »was ist mit ihm?«

»In seinem zweiten Leben wurde er zum Raben.«

»Warum zum Raben?« fragte der Mann.

»Was weiß ich«, sagte der Journalist. »Er hat es so gewollt.«

»Verstehe«, sagte der Fremde.

»Sein bester Freund ist Sean McGullon. Er sitzt da drüben neben Ann. Im Dienst trägt er eine dunkelblaue Uniform. Er bewacht die Bilder der *National Gallery*. Sein Favorit unter den alten Meistern ist Tizian. Das hat er mir selbst gesagt. Üppige Frauen mit rosa Schenkeln. Ann scheint mir eher zart zu sein. Heutig. Trotzdem ist Sean mit ihr vor den Altar gegangen.«

Der Fremde fand eine Regenwolke am Himmel, die sich zu nichts entschließen konnte.

»Die beiden scheinen Streit zu haben«, sagte Woodman.

»Ja«, sagte der Fremde, »ihr Mann fuchtelt wie wild mit seinen Armen in der Luft herum.«

»Es sieht komisch aus«, sagte der Journalist.

»Ja«, sagte der Schauspieler. »Ich stelle mir den Raben vor. Er sitzt hier unter der Brücke. Vor lauter Lachen kann er nicht mehr fliegen. Er hält sich den Bauch. Falls es einem Raben möglich sein sollte, sich vor Lachen den Bauch zu halten.«

»Sie nehmen uns nicht ernst«, sagte Tom Woodman.

»Im Gegenteil«, sagte der Fremde. »Mein Interesse an der Frau ist groß.«

»Ich kann Sie bekanntmachen«, sagte Woodman. »Sie werden bei dem Mädchen nicht weit kommen.«

»Erzählen Sie mir die Geschichte«, sagte der Fremde.

»Jason Flaherty schrieb seine Gedichte in Gälisch«, sagte Tom, »Verse von der Unantastbarkeit der Frauenseele. Er hat das Mädchen sehr geliebt.« Woodman sah zu Ann hinüber und nickte. »Sehr geliebt«, wiederholte er. »Als er sich das Leben nahm, war er erst Mitte Zwanzig. Seine Gedichte sprechen von Ann, von Liebe, Tod und Krähen. Ist Ihnen aufgefallen, daß es in Irland viele Raben gibt?«

»Ja«, sagte der Fremde. »Manchmal sitzen so viele von ihnen auf den Wiesen, daß man denken könnte, hier wüchse schwarzes Gras.«

»Sie kennen unser Land«, sagte der Journalist. »Sie scheinen es zu mögen.«

»Sehr«, sagte der Fremde.

»Der Dichter und sein bester Freund waren stets in *Martin's Double Barrel* zu finden«, sagte Woodman. »Sie kennen den *Pub?*«

»Ja«, sagte der Fremde, »in der *Kildare Street.*«

»Richtig«, sagte der Journalist. »Die Frau ist stets dabei gewesen. Sie durfte mit. Aber sie durfte nichts sagen. Sie saß dabei und hörte zu. Abend für Abend.«

»Wurde viel getrunken?« fragte der Fremde.

»Mächtig«, sagte Woodman. »Immer, wenn Flaherty voll war bis an den Rand, gab er das Versprechen ab, bald zu sterben.«

»Wer hatte ihn darum gebeten?« fragte der Fremde.

»Niemand«, sagte Woodman. »Er hat es ungefragt versprochen. Mehr als einmal. Und er schrie durchs

Lokal, daß er als schwarzer Vogel wiederkehren würde. Nicht als Krähe, wie es so viele gibt auf unseren Feldern. ›Ein Rabe‹, rief er den andren zu, ›aus mir wird einst ein Rabe werden!‹«

»Verstehe«, sagte der Fremde. »Und dann?«

»Eines Tages nahm der Dichter sich das Leben. Der Fremdenführer kam, die Frau zu trösten«, sagte Tom Woodman.

»Und blieb«, sagte der Fremde.

»Und blieb«, nickte der Ire. »Ein paar Tage später wurde ans Fenster geklopft. Es war Abend. Sean McGullon malte sein letztes Bild. Einen Akt. In Öl.«

»Ann?« fragte der Fremde.

»Anzunehmen«, sagte Woodman. »Obgleich das Gesicht der Frau auf dem Bild nicht zu erkennen ist.« Er setzte sich die Brille auf. »Die Wohnung ist im dritten Stock. Eigentlich recht ungewöhnlich, wenn jemand im dritten Stock ans Fenster klopft, oder?«

»Nicht, wenn der Besucher fliegen kann«, sagte der Fremde.

Woodman legte ihm die Hand auf die Schulter. »Der Rabe hackte mit dem Schnabel an die Fensterscheibe. Er wollte in die Stube kommen.«

»Verständlich«, sagte der Fremde. »Raben fühlen sich manchmal einsam auf den Dächern Dublins.«

Der Ire nickte. »Die junge Frau hat das Fenster geöffnet und ihren Mann hereinfliegen lassen. Sie sagt, ihr zweiter Mann wäre wie von Sinnen gewesen vor Freude, als er den Toten auf der Stehlampe sitzen sah. Von dem Abend an leben sie zu dritt miteinander.«

Der Fremde sah zur Bank hinüber. Ann war nicht mehr da.

»Morgens, wenn die Witwe Spiegeleier brät, läßt der Freund den Raben aus dem Haus«, sagte Woodman. »Niemand weiß, was der Vogel den ganzen Tag lang treibt. Kaum wird es dunkel, ist er wieder da.« Er zündete sich eine Zigarette an. »Nun kann es ja mal vorkommen, daß die beiden jungen Leute unter sich bleiben wollen. Sie verstehen?«

»Ja«, sagte der Fremde.

»Dann vergessen sie absichtlich, das Fenster offen zu lassen. Wenn das geschieht, hackt der Rabe wie wahnsinnig an die Scheibe. Es sollen schon zwei zu Scherben gegangen sein«, sagte Tom Woodman.

»Der Dichter hätte sich nicht töten sollen«, sagte der Fremde. Er folgte dem Journalisten auf ein paar Drinks in den nächstgelegenen *Pub*. Dann schlenderte er ins Hotel zurück. Er nahm die Bilder von den Wänden seines Zimmers und legte den Kleiderschrank flach auf den Boden. Der alte Kellner brachte eine Käseplatte.

»Zweifelsohne eine originelle Art, sich einzurichten«, sagte er.

»Mir wird es manchmal hier zu eng«, sagte der Fremde.

»Sie haben recht«, sagte der Kellner, »flache Möbel machen Zimmer größer.« Er schlurfte auf den Korridor hinaus.

Der Fremde setzte sich auf den Schrank und starrte zum Telefon. Ann hatte ihn noch niemals angerufen. Auf dem Nachttisch lag ein Band Kleist. Der Fremde nahm ihn in die Hand. »Der Bruch in deinem Homburg ist nicht nur für Iren schwer verständlich«, sagte er.

Am nächsten Mittag, nach der Probe, ließ er sich sehr viel Zeit. Er kaufte einen Bildband über die Bahamas. Dann ging er ins Zimmer 28. Ann war schon da.

Der Fremde suchte neben dem Fenster nach der Schnur des Vorhangs. »Meine kleine Welt auf Zeit«, sagte er. »*Dawson Street.* Flache Häuser. Schöne Fassaden aus der Zeit englischer Könige namens Georg. Zwei von ihnen waren Deutsche.«

»Du kannst den Vorhang offen lassen«, sagte Ann. »Mein Mann ist mir nicht nachgeflogen.«

»Du hälst den Weltrekord im Irresein«, sagte der Fremde.

»Kennst du den Schreiber von der *Irish Times* schon lange?« fragte Ann.

»Ja«, sagte der Fremde.

»Warum hat sich der Dichter umgebracht?«

Ann zog die Schultern hoch. »Wir werden warten müssen bis zum jüngsten Tag«, sagte sie.

»Ich hoffe, nicht dabei zu sein«, sagte der Fremde.

»Mir klopft das Herz jetzt schon bis zum Hals«, sagte Ann, »es wird ein aufregendes Ereignis sein. Ich sehe alles deutlich vor mir. Mein zweiter Mann hält meine Hand. Du stehst ein Stück dahinter.«

»Wieso dahinter?« fragte der Schauspieler.

»Weil du nur kurze Zeit in meinem Leben warst«, sagte Ann. »Vor Gottes Thron ist die Verantwortung von Wichtigkeit. Siehst du das nicht ein?«

»Nein«, sagte der Fremde.

»Ehemänner stehen vorn vor Gottes Thron«, sagte sie. »Liebhaber warten weiter hinten.«

»Das ist schade«, sagte er. »Wo hockt der Rabe?«

»Woanders«, sagte Ann. »Gott läßt ihn woanders warten.«

»Warum?« sagte der Mann. »Richtet Gottvater an Selbstmörder keine Fragen?«

»Viele!« rief Ann. »Gott liebt alle seine Kinder. Besonders jene, die es eilig haben, zu ihm zu kommen.«

»Ein neuer Aspekt«, sagte der Fremde. »Trotzdem: warum hockt der Rabe nicht neben uns vor Gottes Thron?«

»Weil er ermordet worden ist«, sagte Ann. »Ermordete Selbstmörder sind komplizierte Fälle. Gott nimmt sich Zeit, über sie zu richten.«

»Wer hat den Raben ermordet?« fragte der Fremde. Ann stellte sich neben ihn ans Fenster.

»So ein Rabe hat nichts zu tun«, sagte die Frau. »Wo du auch hingehst in der Wohnung – er hüpft hinter dir her. Bei allem sieht er dir zu. Das geht an die Nerven.«

»Nicht an meine«, sagte der Mann. »Ich war noch nie in deiner Wohnung.«

»Wenn Gott mit seinem Finger nach dir winkt und du mußt dich zu mir stellen und Antwort geben – was sagst du dann?«

»Allmächtiger«, stöhnte der Fremde.

»Und weiter?« fragte Ann.

»Es war dein Wille, Herr, daß ich nach Irland kam, um Kleist zu spielen«, sagte der Fremde. »Der letzte Akt hat mich um den Verstand gebracht. Ebenso wie diese Frau.«

Ann lachte. »Ich gehe jetzt.«

»Die Mittagspause ist noch lange nicht zu Ende«, sagte der Mann. Ann schüttelte den Kopf. »Ich werde nicht mehr wiederkommen. Hörst du die Wahrheit gern?«

»Nein«, sagte der Fremde. »Wahrheit trägt ziemlich häufig eine Maske. Sie lacht mich aus. Ich mach' vor ihr die Augen zu.«

»Meine Wahrheit lacht nicht über dich«, sagte Ann. »Ich will mich nicht mehr teilen lassen.«

Der Fremde sah auf die Straße hinunter und wartete.

»Gestern abend, bei der Brücke, habe ich meinem Mann erzählt, daß ich mich in den Mittagspausen von einem Hotelgast lieben lasse«, sagte Ann. »Mein Mann war äußerst wütend.«

»Verständlich«, sagte der Fremde.

»Meine Stellung hab' ich aufgegeben«, sagte die Frau. »Der Zug nach Cork geht kurz vor vier.«

»Was willst du in Cork?« fragte der Mann. »Wen kennst du da?«

»Niemanden«, sagte Ann, »das ist es ja eben. Und mein Mann wird es sehr schwer haben, mich da zu finden.«

Die beiden schwiegen eine Weile. »Deine Geschichte von dem Tenor in Paris war die Lösung«, sagte Ann dann. »Ich war besorgt, der Rabe würde mich in Cork besuchen kommen. Das kann er jetzt nicht mehr. Ich habe ihn vergiftet.«

Der Fremde betrachtete das Zimmermädchen und pfiff leise vor sich hin. Dann sah er wieder aus dem Fenster. Die Leute in den Büros gegenüber waren zurück von ihrer Mittagspause. Ein älterer Mann nahm den Telefonhörer in die Hand und zwei dicke Mädchen kochten Kaffee.

»Fürchte dich nicht«, sagte Ann. »Gott wird dich nicht verdammen. Du warst nichts anderes als der Anstoß.«

»Wirklich?« fragte der Fremde.

»Ja«, sagte Ann, »du hast mir die Geschichte aus Paris erzählt. Das ist nicht strafbar. Gott liebt Erzähler. Da bin ich ganz sicher.«

»Was wird aus dir am Jüngsten Tag?« fragte der Mann.

»Ich komme auch gut davon«, sagte das Mädchen. »Weil ich sagen kann: ›Vergiß nicht, Herr, es war nur ein halber Mord – noch dazu an einem Raben.‹ Und dann wird Gott sagen: ›Auch der Rabe ist eine Kreatur, von mir erschaffen‹, und dann sage ich, ›in meinem Fall hast du mir zuerst Flaherty erschaffen, den Dichter, und ich bin dir dankbar dafür, denn ich habe ihn geliebt. Doch dann nahm sich Flaherty das Leben, das du ihm gegeben hattest, Herr, und zur Strafe stecktest du ihn in die Federn eines Raben. Ich habe Jason Flaherty nicht ermordet!‹«

»Nein«, sagte der Fremde. »So gesehen, hast du recht.«

»Einen Raben umzubringen, der sich schon mal getötet hat, kann nicht als schwere Sünde gewertet werden. Findest du nicht?« sagte das Mädchen.

»Schwer zu sagen«, antwortete der Mann. »Der Tenor in Paris hätte die Tauben nicht vergiften dürfen.«

»Mein Beichtvater hat mich sehr erschreckt«, sagte Ann.

»Warum?« fragte der Fremde.

»Er sagt, der Herr sei auf uns Iren nicht gut zu sprechen.«

»Wie das?«

»Er soll voller Zorn gewesen sein, als er Irlands Küsten schuf«, sagte Ann. »Steine, Lehm und Bäume hat er mit großem Schwung ins Meer geworfen. Und noch viel Gras dazu. Niemand hat sich getraut, zu protestieren. Die Felsen blieben in der Brandung stehen, und Bäume wachsen immer noch an den Stellen, wo sie hingeworfen worden sind.«

»Beichtväter wissen auch nicht alles«, sagte der Fremde.

»Gott hat drei Männer in mein Leben geworfen«, sagte Ann, »einen Dichter, einen Fremdenführer und einen Komödianten.«

»Du kannst dich nicht beschweren«, sagte der Fremde.

Der Wind rüttelte an dem kleinen Fenster.

»Stell dir nur mal vor, Gott wäre eine Frau«, sagte Ann.

»Der Gedanke gefällt mir außerordentlich«, sagte der Fremde.

»Der weibliche Gott hätte mir vermutlich nur einen Mann geschickt«, sagte Ann.

»Welchen?« fragte der Fremde.

Ann lachte.

»Fahr nicht nach Cork«, sagte der Mann. »Was willst du da?«

Ann hob die Schultern. »Arbeiten. Leben. Die Hände aus dem Fenster halten, wenn es regnet.«

Der Fremde sah sie fragend an.

»Dann wische ich die Tropfen von meiner Hand.

Oder ich behalte sie«, sagte Ann, »ganz wie ich will. Glaubst du, daß es einen Regentropfen gibt, der mich mit einem anderen Regentropfen teilen will?«

»Nein«, sagte der Mann. »Möglicherweise hast du recht.«

»Und du?« fragte Ann, »was wirst du machen?«

»Ich spiele Kleist«, sagte der Fremde. »Und wenn du die Regentropfen zählst in deiner Hand, wird einer fehlen.«

»Du wirst fehlen«, sagte sie.

»Ja«, sagte er. »Ich werde nicht dabei sein.«

April an meinem Fenster

Mein Schatten springt den Weißen Nil entlang. Ich seh' ihm zu. Das macht mir Spaß. Manchmal weicht der Fluß nach Westen aus. Dann irrt mein dunkler Punkt durch Wüsten. Bevor er sich darin verlieren kann, dreh' ich ab. Ich hole mir den Fluß zurück. Träge windet er sich wieder in die runde Scheibe, die der Propeller vor mein Cockpit dreht. Wenn ich den Kopf nach rechts nehme, kommt der Nil ebenso zu mir zurück. Geht schneller, zugegeben. Macht aber nicht den gleichen Spaß. Tagelang allein und über Wüsten. Da spielst du Spiele. Mein Spiel heißt *Unisono.* Was bedeuten soll, daß wir eine Einheit sind, ich und mein Flugzeug. Nicht zu trennen. Ich wende nicht meine Nase, sondern die der Maschine. Unsere Nase. Schon kommt der Fluß ganz brav dahin, wo wir ihn haben wollen. Theoretisch könnte ich das Flugzeug auch in Rückenlage bringen. Dann wäre der Nil über uns. Wenn der Wassereimer neben mir nicht wäre, würde ich das sofort machen. Wieviele gibt es schon, die sagen können: »Es war an einem Tage im Oktober. Ich hatte den Nil über mir.« Wenige.

Der Eimer stammt aus Kairo. Vor drei Tagen hab' ich ihn gekauft. Er ist sein Geld wert. Handtücher schwimmen in dem Eimer. Alle zehn Minuten lege ich ein nasses Tuch über meinen Kopf. Das Wasser ist nicht kühl, doch kühler als die Luft im Cockpit. Ohne die Handtücher hätte ich schon lange einen Sonnenstich. Selbst der Tankwart in Karthum, ein Schwarzer, hat geschwitzt. Warum zieh'n die Konstrukteure das Plexiglas der Kanzel bis weit oben über den Kopf des Piloten? Ich wette, sie wissen's selber nicht. Oder sie fliegen nur bei grauem Himmel.

Charles Lindbergh hat gewußt, wie man es macht. Seine *Spirit of St. Louis* hatte nur zwei kleine Fenster. Seitwärts. Keine Sonne der Welt hat ihn grillen können. Andererseits – vielleicht hätte Lindbergh liebend gern auch mal nach vorn gesehen. Oder nach oben. Über dem Atlantik, selbst an einem Tag mit Regen, kann der Blick nach vorn romantisch sein. Ich weiß das aus Erfahrung.

Die Nadel auf dem Radiokompaß ist sich einig mit dem Fluß. Beide weisen nach Süd-Süd-West. Das Funkfeuer steht in Malakal. Bis gestern, als ich noch in Luxor war, hatte ich von Malakal nie was gehört. Ehrlich. Der Fluglotse auf dem Turm von Luxor hat gesagt, Sprit gäb's nur in Karthum, Malakal und Juba. Beim Abstecken der Kurse, und als ich die Reichweiten errechnen wollte, hab' ich Malakal lange Zeit nicht finden können. Juba schon eher. Wenn ich erst mal in Juba bin, hab' ich's fast geschafft. Von Juba bis Nairobi ist es nicht mehr weit.

Der ägyptische Fluglotse hat mir erzählt, hier käme nur sehr selten jemand einmotorig durch. Und eine

Genehmigung, den Sudan zu überfliegen, hätte keiner der Männer bisher gehabt. Nicht, soweit er sich erinnern könne.

»Vor vier Monaten hab' ich schon den Antrag gestellt«, sagte ich, »auf der Botschaft des Sudan in Bonn«, und der Ägypter nickte. »Immer das gleiche Lied. Den anderen vor Ihnen ist es ebenso ergangen.«

Vier Monate warten auf ein Stück Papier, das schließlich gar nicht kommt. In aller Ruhe hab' ich die Wohnung verkauft, die paar Möbel und den Wagen. Erstaunlich, wie leicht man sich von Gegenständen trennen kann. Nur ganz Persönliches steht fest verschnürt im Keller von Bekannten. Fliegerkarten, Bücher, Fotos hinter Glas. Zwei Kisten mit Schnitzereien, Masken. Nichts Kostspieliges, keineswegs. Wertvoll allenfalls für mich. Erinnerungen an dreißig Jahre Fliegerei. Ich habe sie gut eingepackt. Wer einen neuen Anfang machen will, läßt die Erinnerungen besser, wo sie sind. So gut wie täglich hab' ich bei den Sudanesen angerufen. Die Botschaft schob mich auf die lange Bank. Ich hatte keine Wohnung mehr. Kaum Freunde. Nichts zu tun. Ich stand herum. Auf einem Bein, wie Rumpelstilzchen. In einem Wald aus fremden Häusern. Da bin ich auf die Insel Sylt geflogen. Auf Sylt bleibst du nicht lang allein. Das Mädchen am roten Kliff wollte wissen, wo wir uns nach den Ferien wiedersehen. »Nirgendwo, mein Kind«, hab' ich gesagt. »Für dich und mich kann es nur diesen kurzen Sommer geben.« Mitte September reiste sie zurück in ihre Universität. Im Oktober teilte ich mir den Strand nur noch mit Möwen. Kalter Wind kam auf und es begann zu regnen. »Fliegen Sie los«, sagte der Sudanese am Telefon. »Machen Sie in Rom Station. Die Überfluggenehmigung liegt auf unsrer Botschaft in Rom bereit.«

Ich kam dort an und niemand wußte etwas über mich. Die Diplomaten schickten mich nach Athen. Dort zogen Männer ihre Schultern hoch: »Vielleicht in Kairo. Wir kündigen unsrer Botschaft Ihren Besuch per Telex an.« Der Luftfahrt-Attaché in Kairo wischte mit flacher Hand über einen leeren Tisch. Ich zwängte mich durch Kairos Menschenmassen, kniete neben Männern in Moscheen und kam am nächsten Tag zurück. Die Botschaft war geschlossen. Ich hab' den Eimer gekauft und bin nach Luxor geflogen. Der Fluglotse hatte nichts zu tun. Auf dem Platz war kaum Betrieb.

»Machen Sie es wie die anderen.« Er hatte gegähnt und die Zeitung aus der Hand gelegt. Das bißchen Haar, das ihm verblieben war, stand in krausen Büscheln neben ziemlich großen Ohren.

»Wie haben die andren es gemacht?«

»Wir geben Ihren Flugplan heute noch per Telex nach Karthum. Wenn bis morgen früh kein abschlägiger Bescheid vorliegt, starten Sie ganz unbekümmert. Ich gebe Ihnen eine Kopie von meinem Telex mit. Das ist Beweis genug für Ihren guten Willen.« Was er sagte, leuchtete mir ein.

Ich machte Yoga, um die steifen Knochen zu entkrampfen, stieg Treppen zu Königsgräbern runter und schlenderte durch den Palast von Theben. Nachmittags döste ich ein wenig in der Sonne, sah Araberinnen zu, die im Fluß Wäsche wuschen. Im Hotel, nach dem Dinner, pokerte der Barmann mit mir um die Drinks.

»Ich eigne mich nicht sonderlich zum Touristen«, sagte ich zu dem Barmann. »Auf den Gedanken, Altertümer auszugraben, werde ich kaum kommen. Was morgen los ist, das ist wichtig.« Der Barmann grinste. Er hatte mich nicht verstanden.

Mit dem ersten Licht des Tages war ich auf dem Tower von Luxor. Der Fluglotse vom Tag zuvor hatte keinen Dienst. Der Neue war nicht informiert. Von meinem Flug über den Sudan hatte er nie was gehört. Ein abschlägiger Bescheid war nicht gekommen. Aus Karthum lag überhaupt nichts vor. Ich warf eine Münze in die Luft und wußte selbstverständlich vorher, daß ich fliegen würde.

Ein Riesenland, dieser Sudan. Beide Tankanzeigen lehnten sich nach links in Richtung *leer,* da kam Karthum in Sicht. Flugzeit: Sechs Stunden zwei Minuten. Die Tankwarte sahen mich kaum an. Niemand hatte irgendwelche Fragen. Karthum sieht, aus der Luft betrachtet, nach sehr wenig aus. Flache Häuser. Wellblechdächer. Trotzdem – ich wär' schon gern mal durch den Staub der Straßen da gebummelt. Vielleicht hätte mir die deutsche Botschaft den Wisch besorgen können, den ich so dringend brauchte. Andererseits – die Offiziellen von Karthum wollten nichts von mir. Wenn die Hauptstadt keine Fragen hat, wird anderswo wahrscheinlich auch nicht viel gefragt. Es war wohl besser, abzuhauen. Und es wurde Zeit, ans Ziel zu kommen. Zu der Verabredung in Nairobi bin ich bereits vier Monate zu spät. Die Frau, die auf mich wartet, heißt April. Sie lebt in Scheidung. Ihre Töchter sind zehn und zwölf. April. Komischer Name, zugegeben. Wenn es nach mir ginge, würde April *Hazel* heißen. Augen und Haare sind rötlich-dunkelbraun. Wie Haselnüsse. Ihre Töchter kenne ich nur von Fotos. Ein bißchen staksig, dürr. Sonst ganz hübsch. Farben wie die Mutter. Sie leben in einem Internat. Außerhalb Nairobis, sagt April.

Der Motor läuft rund. Alle Anzeigen auf normal. Kein Wunder – die Maschine ist nagelneu. Die Hälfte meiner Ersparnisse stecken in ihr. Die Ausgabe hat sich gelohnt. Sie ist ein guter Griff. Manchmal gibt es Kisten, die montags zusammengesetzt wurden, wenn alle noch verkatert waren. Oder schlecht gelaunt vom Wochenende. Solche Maschinen läßt du lieber in der Halle stehen.

Das Außenthermometer zeigt 25 Celsius. In dieser Höhe! Muß das 'ne Hitze sein da unten. Das Land den Fluß entlang ist fiebrig-grün. Sümpfe. Ich kenne das von Südamerika. Gleich hinter den Sümpfen fängt die Wüste an. Sie nimmt kein Ende. Am Schluß stößt sie mit dem Himmel zusammen: ein dünner Strich. Ohne Übergang wird dort der Himmel gelb. Und die Wüste blau.

April.
Ihr Mann war einer meiner Auftraggeber. Generalvertreter für Cessna in London, Nairobi und Johannisburg. Ich hab' ihm die Maschinen von den Staaten nach London geflogen. Wieviele werden es gewesen sein? Aus dem Gedächtnis nicht zu sagen. Einsame Flüge waren das. Tag und Nacht zwischen Gummitanks im Cockpit. Alle paar Stunden umtanken. Keine

Zigaretten. Nur *Speed*, diese Pillen, die dich wachhalten. Und wenn du ankommst in England, kannst du nicht schlafen. Zwei Tage lang trinkst du dich durch die Clubs von Soho. Dann verkriechst du dich in deiner Bude und schläfst den Kater von dir weg. Du fühlst dich miserabel. Warum hast du es eigentlich zu nichts gebracht? Andere Piloten fliegen Linie. Ein Haus am Stadtrand. Frau und Kinder, Pensionsberechtigung. Nein, du würdest nicht mit ihnen tauschen. Mit solchen Gedanken gehst du in die Sauna. Anschließend bist du wieder *fit for action.* Dann schickt dich Aprils Mann per Linie nach New York. Auf dem Weg zurück nach London sitzt du wieder zwischen gelben Gummitanks, dem Schlauchboot und einer Schwimmweste, die zu unbequem ist, um sie ständig umgeschnallt zu tragen.

Während der ersten Nord-Atlantik-Flüge nimmst du noch Bilder in dich auf: Silberne Sonnenfinger, die aus Wolken zeigen. Schaumkronen auf Wellen. Wasserberge, die sich auf Frachter stürzen. Das Rot des Himmels, beim ersten Licht des Tages sich in Blau verlierend. Das Brummen des Motors, das zu Melodien wird, wenn du den Kopf hin und her wirfst, um den Schmerz aus deinem Rücken zu vertreiben. Bei den ersten Überführungsflügen wartest du noch auf die Küste Irlands, bist gierig auf den dünnen weißen Strich am grauen Horizont, und wenn du an Shannon vorbei bist, ist Cornwall nicht mehr weit, und du stellst das Fenster auf und rufst den kleinen Cottages unter dir die ersten Worte zu, die den Briten sagen sollen, daß du den Flug geschafft hast, und daß du wieder mit Menschen sprechen willst nach so langer Zeit. Obgleich das ja nicht stimmt. Du hast pausenlos geredet. Den halben Tag und auch die Nacht.

Es ist wahr: ich rede ständig. Mit dem anderen im Cockpit. Mit dem einzigen, der mir immer zuhört, auch mal antwortet, und seine eigene Meinung hat. Der in mir sitzt. Und mich oft quält.

Wenn April in der Nähe ist, sagt er kein Wort. Doch wenn ich meine Gedanken zu ihr wandern lasse, meldet er Besorgnis an: *Ich bin rastlos. Das muß zugegeben werden. Es ist wie mit den ersten Flügen. Da habe ich die Schönheit noch gesehen. Heute nur noch selten. Hoffentlich wird es mit April nicht auch so kommen.*

Ich sehe schweigend auf den Fluß dreitausend Meter unter mir.

Bisher hab' ich's noch nirgends lange ausgehalten. Bei keinem Menschen und in keinem Land.

»Ich bin älter geworden«, sage ich laut. »Wird Zeit, daß ich zur Ruhe komme.«

Am liebsten. Denn es bleibt ja keine Wahl. Mit dem Atlantik ist es aus.

Ich lausche dem Gedanken nach.

Flugzeuge werden jetzt per Schiff gebracht. In Containern. Das ist billiger für Aprils Mann. Sein Geschäft blüht.

Ich nicke. »Seine Sekretärin ist äußerst tüchtig. Er wird sie heiraten. Das Verhältnis dauert schon seit vielen Jahren.«

Sagt April.

»Ja. Sagt April.« Ich sehe wieder aus dem Fenster. Mein Schatten jagt den Fluß entlang.

›Der Nil‹, denke ich. ›Der Weiße und der Blaue.

Wer hat sie so benannt?‹ Ich sehe auf der Karte nach. »Der Weiße Nil kommt wohl aus dem Victoria-See«, sage ich, »und der Blaue aus Äthiopien.«

Glaubst du alles unbesehen, was April sagt? fragt der Quäler.

»Ja«, sage ich und nehme das trockene Tuch von meinem Kopf. Ich sehe auf die Borduhr. Erst zwölf Minuten vorbei und das Handtuch ist schon knochentrocken. Das neue, nasse Tuch tut gut. Drei Rinnsale bahnen sich unabhängige Wege durch die Haare meinen Hals hinunter. Eines links, das andere rechts. Das dritte bleibt eine Weile neben meiner Nase hängen. Schielend sehe ich dem Tropfen zu, warte, bis er sich zum Sturz entscheidet. Er zerplatzt auf meinem nackten Oberschenkel. Mein Hemd und die verbeulte Khakihose liegen auf dem Sitz des Copiloten. Bei solcher Hitze fliege ich grundsätzlich nur in Badehose.

April.
Sie hat mich eingeladen. Erst in Briefen. Dann in einem Ferngespräch, mitten in der Nacht.

Nicht eingeladen, meint der Denker hier im Cockpit, *zunächst zitiert. Dann angefleht.*

Ich sehe mir beim Nicken zu. Stimmt. Sie möchte, daß ich zu ihr komme. Bei ihr bleibe. In der Villa am Rande von Nairobi. Rosslyn heißt die Gegend. Ringsum nichts als Kaffeepflanzen. Die Töchter kommen wochenends nach Haus. Von Montag bis Freitag jedoch fühlt sie sich allein. Sie hat zwei schwarze Angestellte. Kikuyus: eine Köchin und einen Mann für alles. Beide sind April sehr ergeben. Sie haben April großgezogen, als Kind schon auf dem

Schoß gewiegt. Beim Aufstand der Kikuyu, beim Mau-Mau gegen die Engländer, haben die beiden nicht mitgemacht. April hat jede Nacht mit einem Revolver unter dem Kopfkissen geschlafen. Ein Schulmädchen. Und schon schwer bewaffnet.

Mein Schatten springt weiter über Fiebersümpfe. Sattes Grün. Der Nil läuft stetig auf aus Süd-Süd-West.

April ist kein junges Mädchen mehr. Keineswegs. Doch ihre fünfunddreißig Jahre siehst du ihr nicht an. Sie zieht die Stirn oft kraus. Und um die Augen hat sie ein paar Falten. Ihr Körper allerdings ist jung geblieben. Sehr sogar. In meinem Bordbuch steckt ein Foto. Ich ziehe es heraus. April nackt am Swimming-pool. Dahinter Kaffeepflanzen. Lange, dunkle Haare bedekken Aprils Busen. Wer das Foto wohl gemacht hat? Als ich sie zum erstenmal sah, hatte sie auch nicht sehr viel an. Es war Silvester. In London. Ein Fest bei Freunden ihres Mannes. In der Millionaire's Row, abgehend von Kensington High Street. Letztes Jahr? Oder dieses? Hängt davon ab, wann du auf die Uhr gesehen hast – vor Zwölf oder danach. Es waren viele Menschen in dem Haus. Aprils Mann hab' ich den ganzen Abend kaum gesehen. April und ich haben unentwegt getanzt. Das erste Silvester meines Lebens, an dem ich nicht betrunken war. Aprils Kleid war sehr tief ausgeschnitten. Sie rief nach einem Charleston. Außer ihr tanzte niemand diesen Tanz. Ich auch nicht. Männer klatschten Beifall. April genoß das sehr. Sie beugte sich nach vorn. Mit flachen Händen berührte sie abwechselnd ihre Knie unter dem leuchtend roten Abendkleid. Ich sah ihren Brüsten zu. Rund und klein.

Selbst im Rhythmus dieses Charleston bewegten sie sich kaum.

Am nächsten Morgen, spät am Morgen, trafen wir uns wieder. Hydepark, Nähe Marble Arch. Kalter Wind. Eis auf Pfützen und dem Rasen. Grauer Himmel. April fror in ihrem Nerz. Sie sah übernächtigt aus. Nicht so schön wie in der Nacht zuvor. Ein wenig grau. Das lag wahrscheinlich an dem Himmel.

»Du bist der erste Mensch in diesem Jahr, zu dem ich spreche«, sagte ich.

April lachte. »Mir geht es ebenso. Auch mir hat heute noch niemand zugehört.« Ihre Stimme ist heiser, rauh. Viel zu tief für diese zarte Frau.

»Wie ist das möglich?«

Sie hob die Schultern.

»Wo sind die Töchter?«

»Bei meinen Eltern. In Gerrards Cross. Nicht weit von hier.«

»Und dein Mann?« fragte ich. »Pennt er noch?«

Sie machte eine Pause. »Bill ist nicht ins Hotel zurückgekommen.« Andere Menschen sehen auf ihre Fußspitzen bei einer derartigen Eröffnung. Oder zu den Wolken hoch. Andere vielleicht. April nicht. Keineswegs. April weicht Peinlichkeiten selten aus. »Es ist nicht das erstemal.« Ihr Lächeln war ein wenig bitter.

Ich suchte Worte und konnte keine finden. Dann hab' ich ihre Hand genommen und sie durch den Park geführt. Mit jedem Schritt auf dem gefrorenen Grund hab' ich mich mehr in sie verliebt. Sie hat das wohl gespürt. Wortlos zog sie ihren Handschuh aus. Unsere nackten Hände hielten sich umklammert.

Ich wollte sie zum Lunch ausführen. Ins *Mirabelle*.

Oder in ein andres Lokal der teuren Sorte. An einem solchen Tag zählst du nicht die Pfunde in deiner Tasche. April schüttelte den Kopf. Ihre Töchter erwarteten sie zum Essen. Bei den Großeltern. Familientradition. Das Neujahrsessen findet jedes Jahr bei Aprils Eltern statt.

»Dann heute abend«, sagte ich.

»Nein«, sagte sie. »Spätnachmittags geht mein Flugzeug.«

»Heute?«

Sie nickte. »Nach Nairobi.«

Ich brauchte lange, das zu schlucken.

»Alles hat seine Grenzen. Ich nehme die Kinder und fliege heim«, sagte sie. »Genug ist genug.«

Damit war ihr Mann gemeint. Das war sonnenklar.

»Hat das nicht 'n paar Tage Zeit?« fragte ich, »die Flucht nach Nairobi?«

Sie schüttelte den Kopf. Ihre Lippen wurden schmal. »Es ist keine Flucht.«

»Vor wenigen Minuten wußte ich noch weiter«, sagte ich. »Jetzt weiß ich gar nichts mehr.«

April sah mich an. Ihre Stirn war voller Falten.

»Ich bin hierher gekommen, um einem Mann die Frau zu nehmen«, sagte ich. »Wie kann ich das, wenn der Mann nicht ins Hotel zurückkommt und die Frau fliegt nach Nairobi?«

April hielt sich die Hand vor ihren Mund. Ihre Augen lachten.

»Ehrlich«, sagte ich. »Der Kerl hätte in dein Bett gehört. Um seinen Rausch auszuschlafen. Am Morgen hättet ihr euch gestritten, um mich. Dann würdest du nicht fliegen. Und wir würden uns wiedersehen.«

April nahm mein Gesicht in ihre Hände.

»Wenn der Kerl allerdings nicht zu dir zurückkommt ...«, sagte ich.

»Hör auf«, sagte sie.

»Dein Mann steht mir auf andre Weise im Wege, als Männer einem sonst im Wege stehen können«, sagte ich.

April lachte: »Eine unorthodoxe Betrachtungsweise.«

Ich mußte selber lachen. Obgleich mir ernst zumute war. Wir gingen schweigend weiter. Es gab kaum noch was zu sagen. An der Park Lane stand ein Polizist. Ich bat ihn um was zu schreiben. Er riß ein Blatt aus seinem Dienstbuch. Ich schrieb meine Adresse für April auf.

»Meine kannst du leicht behalten«, sagte sie. »Postfach 15 in Nairobi.« Mit den Fingern ihrer Hand, die keinen Handschuh trug, griff sie in mein Haar. »Ich bin vernarrt in seine weißen Haare«, sagte sie zu dem Bobby. »Einmalig. Seidenweich. Finden Sie nicht?«

Der junge Polizist war verlegen. Er steckte das Dienstbuch zurück in seine Tasche.

»Ich werde dich vermissen«, sagte ich. »Ehrlich.«

Sie küßte mich. Der Bobby sah uns zu. April wischte mir den Lippenstift vom Mund. Dann lief sie fort. Am Ende der Park Lane stieg sie in ein Taxi. Sie hat sich nicht mehr umgedreht.

Die Sonne brennt sich durch die dunkle Brille tief in meine Augen. Alles ringsum wird farblos, weiß: Instrumente, Himmel, Sumpf und Wüste. Das Land da unten ist flach. Nirgendwo ein Hügel. Wer hier lebt, muß denken, daß die Erde endlos sei.

Ich wechsele nochmal das Handtuch.

Beim Aufblicken kommt der Platz in Sicht. Drei Stunden zwanzig hatte ich berechnet. Nach zwei Stunden zweiundfünfzig bin ich schon kurz vor Malakal. Vermutlich Rückenwind. Und ziemlich stark. Kann gar nicht sein, daß ich mich so verrechnet habe.

Eine schwarze Piste, riesig lang. Zwei *Taxiways* nach Westen weg. Dahinter eine Wellblechbude. Und ein Sendemast. Sonst nichts. Kein andres Flugzeug. Keine Feuerwehr. Nirgendwo ein Mensch. Nicht mal ein abgestelltes Auto.

Vielleicht ist das gar nicht Malakal? Ich schalte den Autopiloten aus, nehme Gas zurück und gehe steil nach unten. Im letzten Moment fällt mir der Eimer ein. Bevor er rollen kann, halt' ich ihn fest.

Über der Wellblechbude kippt die Kompaßnadel hundertachtzig Grad nach hinten weg. Also ist es Malakal. Die Ortschaft selbst versteckt sich weiter westwärts hinter Schilf und ein paar Bäumen.

Ich hol' mir das Mikrofon vom Haken. »Malakal Tower von Cessna Delta Echo Foxtrott Foxtrott India. Bin über Ihrem Platz.«

Aus dem Radio kommt nur Rauschen. Vermutlich schläft der Mann. Letzter Versuch: tiefer Anflug auf die Bude. Mit voller Kraft. Der Lärm reißt normalerweise jeden aus dem Schlaf. Nicht in Malakal. Das Radio schweigt und niemand kommt unter dem Wellblechdach hervorgelaufen, Hände über den Augen, Erkennung winkend.

Ich lande und nehme die erste *Taxiway* nach links. Langsam rolle ich zur Bude. An der Tür hängt ein Vorhangschloß. Die Fensterläden sind verriegelt.

Ich stelle den Motor ab. Die Wand, in die ich stolpere, ist transparent und heiß. Unter meinen nackten Füßen glüht Beton. Ich springe auf den Sitz zurück. Dann kommen die Moskitos.

Bevor ich die Tür zuziehen kann, sind hunderte im Cockpit. Sie sitzen mir auf Hals und Händen, krabbeln über alle Scheiben, fallen in den Wassereimer, hocken träge auf meiner Bordtasche, kriechen mir in die Ohren, saugen Blut aus meinen Schenkeln. Ich schlage mit nassen Tüchern nach dem ekeligen Zeug, erwische auch ein paar davon, aber es ist sinnlos, denn es sind zu viele.

Im Cockpit wird es stickig. Ich kriege keine Luft mehr, muß nach draußen. Da stürzen sich die andren über mich. Millionen. Und noch mehr. Ich hüpfe über glühenden Beton zu dem versengten Gras und lasse das nasse Handtuch über meinen Kopf hinweg kreisen. Das wirbelt die Moskitos von mir fort. Gleichzeitig lassen meine Kräfte nach. Außer Atem ziehe ich mich hoch auf die Fläche der Maschine. Ich reiße mir die Badehose runter, drehe den Tankverschluß auf und stecke die Badehose hinein. So tief, wie es meinen Händen möglich ist. Sie saugt sich nur sehr langsam voll. Ich reibe mich von den Haaren bis zu den Zehenspitzen ein. An manchen Stellen brennt das Benzin in meine Haut wie in rohes Fleisch. Doch die Sache nützt. Die Biester lassen von mir ab. Sie hocken sich neben meine Füße auf die Fläche. Wütend schlage ich nach ihnen. Mit der Badehose. Das wirbelt sie durch die Öffnung in den Tank. Ich drehe den Verschluß schnell zu: Zu viele Moskitos, im Benzin ersoffen, würden zum Verhängnis werden: Der Vergaser saugt sie an, der Sprit bleibt weg, der Motor kotzt, dann bleibt er stehen. Ich habe nur den einen.

Unter mir hupt ein Auto. Ich habe es nicht kommen hören. Der Fahrer sieht zu mir rauf. Der schwärzeste Schwarze, dem ich bisher begegnet bin. Sein Jeep ist überall zerbeult. Hinter dem Jeep hängt ein Faß auf Rädern. Die Buchstaben *Esso* sind vom Rost zerfressen. Neben dem Fahrer sitzt ein kleines schwarzes Mädchen. Sie starrt mich an. Ihr Mund steht offen. »Die Mücken«, sage ich zu dem Fahrer. »Ich muß mich mit Benzin einreiben. Sonst fressen mich die Moskitos auf.«

Der Schwarze sagt Worte, die ich nicht verstehe. Die Kleine dreht gehorsam ihren Kopf von mir zur Wellblechbude. Ein paar Moskitos krabbeln über ihre krausen Haare.

»Ihre Tochter?« frage ich den Mann im Jeep. Er nickt. Anscheinend versteht er Englisch.

»Ich habe Sie nicht kommen hören«, sage ich. »Sie hätten früher hupen sollen.«

Der Mann sieht mich schweigend an.

»Ich steh' nur selten nackt auf Flugzeugen herum«, sage ich. »Ehrlich.«

Der Esso-Mann bewegt sich nicht.

»Anzunehmen, daß ich der erste Nackte bin, den Ihre Tochter sieht«, sage ich.

Er nickt. »Bei uns ist das nicht üblich.«

Moskitos krabbeln über sein Gesicht. Er scheint sie nicht zu fühlen.

»Bin ich der erste Weiße für Ihre Tochter?« frage ich.

»Vor ein paar Jahren ist mal einer hier gewesen«,

sagt der Tankwart. »Ashraf war noch klein. Sie wird sich nicht erinnern. Der Mann ist hier gelandet. Ich habe ihm Benzin verkauft. Er war bekleidet.«

»Ihr Gott hat Sie nicht mit einem Esso-Overall zur Welt gebracht«, sage ich, »und meiner dachte nicht an Hemd und Hose.«

»Sie sind nur sehr schwer zu verstehen«, sagte der Sudanese.

Ich springe von der Fläche. »Stimmt es, daß Europäer wie gekochte Fische wirken?«

Der Mann beugt sich nach vorn. Sein Lachen bricht sich an der Windschutzscheibe. »Ja, ja – gekochte Fische – das ist richtig.«

Ich hole Hemd und Hose vom Pilotensitz und ziehe mich gemächlich an. Die Kleine erhält Erlaubnis, sich wieder umzudrehen. Sie sieht lustig aus. Rundes Gesicht. Kugelrunde, schwarze Augen. Das Weiße in den Augen ist eher gelb. Dicke, volle Lippen. Das Kind sagt einen Satz zu mir. Der Vater übersetzt: »Sie sind früher gelandet, als angekündigt war.«

Das Mädchen trägt ihr bestes Kleid. Frisch gebügelt. Weiße Bluse, grüner Rock.

»Der Wind benutzt mich oft als Spielball«, sage ich zu ihr, »ich bin daran gewöhnt. Heute hat er mich wie eine Hühnerfeder den Fluß hinauf zu dir gepustet.«

Ich warte auf die Übersetzung. Die Kleine klatscht in ihre Hände. Mit gespreizten Fingern. Sie beugt sich nach vorn und wieder zurück. Wie der Vater vor ihr. Doch ihr Lachen ist nicht zu hören.

Vom Westen her kommt Motorenlärm.

»Die Soldaten«, sagt der Vater. »Sie werden bald hier sein. Wieviel Gallonen brauchen Sie?«

»Der linke Tank ist leergeflogen. Der rechte ist einigermaßen voll.«

»Morgen«, sagt der Tankwart.

»Warum nicht jetzt?«

»Es ist Freitag«, sagt der Mann. »Ich muß zum Gebet in die Moschee. Morgen früh machen wir den Tank voll.«

»Vor Sonnenaufgang«, sage ich. »Eine Stunde früher.«

Der Mann nickt.

»Ich schlafe hier im Flugzeug«, sage ich. »Wenn mich die Moskitos leben lassen, sehen wir uns morgen früh an dieser Stelle wieder.«

»Es gibt Hotels in Malakal«, sagt der Tankwart. »Eines davon ist für Ausländer. Die Soldaten bringen Sie dorthin.«

Die Moskitos kommen zu mir zurück. Sie setzen sich auf meine Hände, kriechen mir den Hals entlang. Wenn sie sich in die Winkel meiner Augen hängen, ist das besonders eklig. Ich schlage um mich, hüpfe auf der Stelle. Das Mädchen kommt vom Jeep zu mir und gibt mir ihre Hand.

»Bis morgen, Ashraf«, sage ich.

Ihr Vater freut sich. Seine dicke Oberlippe zieht sich bis zur Nase hoch. »Haben Sie Kinder?«

»Nein«, sage ich.

»Wer wird sich am Ende Ihrer Tage um Sie kümmern?« fragt der Mann. Dann fährt er los. Die Kleine stellt sich auf und winkt noch eine Weile. Ich gehe zu der Wellblechbude. Das Schilf daneben überragt mich fast um einen Meter. Ich fühle mich müde. Und allein.

Dann kommen die Soldaten.

Sie tragen Khakihemden und weite Shorts und Hüte mit breiten Krempen und langen schwarzen Federn. Sie springen von dem Lastwagen und laufen emsig um mein Flugzeug. In einem weiten Kreis. Die Männer sind erregt. Sie schwingen lange Bambusstäbe. Fast alle sind bewaffnet. Karabiner und Maschinenpistolen. Ihr Anführer ist ohne Uniform gekommen. Er bleibt hinter dem Steuer des Lastwagens und spricht leise vor sich hin. Seine Soldaten stehen wie erstarrt. Sie lauschen seinen Worten. Der Anführer wirft ärgerlich den Kopf zurück. Dann hämmert er mit seiner Faust von außen an das Blech der alten Tür. Die Soldaten knien nieder. Sie schlagen mit Bambusstöcken einen Trommelwirbel auf den Beton.

Dann wird es still.

Der Mann steigt aus.

»Willkommen«, sagt er.

»Hallo«, sage ich und binde mir die Schuhe zu.

»Haben Sie während des Fluges fotografiert?«

»Nein.«

»Warum nicht?« will er wissen.

»Ich bin kein Fotograf«, sage ich. »Außerdem: was hätte ich schon fotografieren sollen?«

»Militärische Anlagen«, sagt der Mann. Er wiegt gut zweihundertfünfzig Pfund.

»Außer Wüste hab' ich nichts gesehen«, sage ich. »Und zweimal den Nil, der in Karthum zu dem einen großen Strom wird, sonst nichts.«

»Und am Rand der Flüsse?«

»Dörfer«, sage ich. »Falls es da Geheimes gibt, gebe ich Ihnen ein Versprechen ab.«

»Welches?«

»Ich werde keinem was verraten.«

Die Soldaten rollen Fässer heran. Die Fässer sind mit Beton gefüllt. Sie werfen Leinen aus und zurren mein Flugzeug an den Fässern fest.

»Erwarten Sie Sturm?« frage ich.

Der Anführer hebt nur die Schultern.

»Was sagt der Wetterdienst?« frage ich.

»Das Wetter braucht uns beide nicht zu kümmern«, sagt der Sudanese. Er sieht mich nicht mal aus den Augenwinkeln an. »Kommen Sie.«

Ich gehe zum Flugzeug und hole mir die Bordtasche vom Nebensitz.

»Alles bleibt so, wie es ist«, ruft der Sudanese.

Ärger steigt in mir hoch. Ich atme dreimal ganz tief durch. Das hat bis jetzt noch immer gut geholfen. Ich taste nach dem, was in der Tasche ist. Paß. Bordbuch. Whiskybuddel. Fliegerkarten. Frische Wäsche. Leuchtpistole. Munition. Leuchtraketen, aus kurzer Distanz gefeuert, reißen Löcher, die nur schwer zu stopfen sind.

»Kommen Sie«, ruft der Anführer noch einmal. Seine Soldaten klettern auf die Ladefläche. Ich lasse die Leuchtpistole in der Tasche und ziehe den Reißverschluß zu.

Der Lastwagen ist ein Bedford. Rechtsgesteuert. Engländer werden ihn zurückgelassen haben. Der Kunststoff-Überzug der Sitzbank hängt in Fetzen. Zeltplanen decken Löcher zu. Der Anführer schlägt mit einer Zeitung nach Moskitos an der Windschutzscheibe. »Der Fahrtwind wird sie gleich vertreiben.« Er nimmt *Runway 17* bis zu einem Sandweg. Dann quält er den Bedford im zweiten Gang eine steile

Böschung hoch. Die Soldaten auf der Ladefläche schreien. Einer von ihnen ist über Bord gegangen. Weiter oben auf dem Deich hält der Sudanese an. Die Soldaten zerren den Gestürzten zu sich zurück. Sie lachen. Dann trommeln sie mit ihren Bambusstöcken auf das Blechdach über mir. Der Sudanese fährt weiter. Rechts unter dem Deich schleppt sich der Fluß träge dahin. Sein Wasser ist schlammig.

»Die Zeiten in Ihrem Flugplan sind nicht korrekt«, sagt der Sudanese.

»Niemand hat mir Rückenwind vorhergesagt.« Ich taste die Moskitostiche in meinem Gesicht ab. Es sind 'ne Menge.

»Gab es in Karthum noch ein andres Flugzeug Richtung Süden?« fragt der Mann.

»Weiß ich nicht.«

»Wieviele Maschinen standen in Karthum?« will er wissen.

»Keine Ahnung«, sage ich.

»Haben Sie sich nicht umgesehen?«

»Nein.« Ich gähne.

»Sind Sie schon lange unterwegs?«

»Der Hotelportier in Luxor hat mir heute früh um vier den Tee gebracht.«

»Sie kommen aus Luxor?«

Ich nicke.

»Ohne Überfluggenehmigung.« Er sagt das leise. Ich sage nichts. Der Deichweg ist holprig. Ich stemme meine Hände gegen das Dach des Fahrerhauses. Der Sudanese wartet lange. »Luxor hat Sie gehen lassen, ohne auf unsere Genehmigung zu warten?« sagt er dann.

»Wie können Sie wissen, daß ich das Papier nicht habe?« sage ich.

»Sie haben es?« sagt er.

»Ihr Rätselraten geht mir auf die Nerven«, sage ich. Der Mann sieht mich an. Das erstemal. Ich lehne mich in meine Ecke und starre zurück. »Sie haben eine Air Force im Sudan, oder?« frage ich.

»Selbstverständlich.«

»Abfangjäger.«

»Ja.«

»Düsen.«

Der Mann nickt.

»Seit Sonnenaufgang fliege ich durch Ihren Luftraum«, sage ich. »Ohne Erlaubnis hätten mich Ihre Leute vom Himmel geholt.«

Der Sudanese schweigt.

»Es sei denn, Sie hätten keine Abfangjäger.« Das macht dem Mann zu schaffen. Ich döse eine Weile vor mich hin. Dann biete ich ihm eine Zigarette an.

Er nimmt sie und tastet seine Taschen nach Feuer ab. Ich nehme einen tiefen Zug. Erst beim zweiten halte ich ihm mein Streichholz hin.

»Von Karthum liegt ein Fernschreiben vor«, sagt er. »Jemand fliegt einmotorig über unser Land. Von Nord nach Süd. Ohne Erlaubnis.« Er wartet. Ich rauche.

»Wegen eines Sportflugzeuges setzen wir keinen Abfangjäger ein«, sagt er. »Unser Land fängt alle ab. Es ist sehr groß. Irgendwann muß jeder von euch landen. Um aufzutanken. Auf diese Weise erwischen wir Spione leicht.«

Die Sonne spiegelt sich gelb in dem breiten Fluß.

Der Fahrer reibt sich mit der flachen Hand über sein krauses Haar. Er sieht auf die Sümpfe hinaus. »Monatelang kommt niemand hier vorbei«, sagt er. »Und heute sind gleich zwei kleine Maschinen unterwegs? Kaum anzunehmen. Oder?«

»Alles ist möglich«, sage ich.

»Zeigen Sie mir die Erlaubnis der Regierung«, sagt er.

»Morgen«, sage ich. »Sie liegt im Flugzeug. Oder woll'n Sie jetzt noch umdreh'n?«

»Nein«, sagt er. »Wir haben sehr viel Zeit. Morgen lege ich Ihr Flugzeug an die Kette.«

Das Hotel steht zwischen Wellblechhütten direkt unter dem Deich. Wie es genannt wird, kann ich nicht sagen. Die Buchstaben am Eingang sind in einer Sprache, die ich nicht kenne. Das Gebäude ist ebenerdig, langgestreckt, weiß gekalkt. Zwei Männer kommen heraus und wollen mein Gepäck. Der eine ist an die zwei Meter groß. Der andre nur wenig kleiner. Ihre Gewänder sind nicht sauber. *Mumus*, fußlange Hemden. Der eine trägt einen grünen *Fez*, der andre einen roten. Jeder nimmt einen Henkel meiner Bordtasche. Gemächlich schlendern sie zur Tür. Sie winken mich freundlich in ihr Haus. Ihre Gesichter und Hände sind tiefschwarz. Wie die des kleinen Mädchens vorhin auf dem Flugplatz.

Die Soldaten springen von dem Bedford. Sie umstellen das Gebäude.

Die Lobby wirkt, als hätten englische Besatzer sie gestern erst verlassen: abgewetzte Ledersessel, grüne Einheitsfarbe wie in Hospitälern an den Wänden, rotgewachster Fußboden aus Beton. Spucknäpfe in den

Ecken. Randvolle Aschenbecher. Auf Beisetztischen die *Sunday Times.* Dünndruck. Wer weiß, wieviele Jahre alt.

Hinter einem blankpolierten Tisch wartet ein Schwarzer mit Fez. Er fordert meinen Paß. Die Leuchtpistole in meiner Bordtasche fällt ihm nicht auf. Ich schiebe Hemden darüber. Der Anführer blättert in meinem Paß. »Sie sind Deutscher«, sagt er, »aus dem Westen.«

»Zeigen Sie mir mein Zimmer«, sage ich.

Der Sudanese pfeift durch die Zähne. »Fünfundfünfzig Jahre alt.« Er schätzt mich ab. »Für so alt hätte ich Sie nicht gehalten.«

»Sprechen Sie englisch?« frage ich den Mann hinter dem blankpolierten Tisch.

»Nein«, sagt der Anführer. »Hier spricht niemand englisch.«

»Sagen Sie ihm, er soll mir einen Whisky bringen«, sage ich. »Und den zweiten für Sie. Wenn Sie wollen.«

»Wir sind Moslems«, sagt der Anführer.

»Na und?«

»Alkohol ist uns verboten.«

»Verstehe«, sage ich. »Wie steht's mit Sodawasser?«

»Ginger Ale«, sagt der Mann hinter dem Tisch.

»Entsetzlich«, sage ich. »Dann eben Ginger Ale, wenn sich's nicht anders machen läßt. In einem großen Glas mit sehr viel Eis. Den Whisky hab' ich mitgebracht.«

»Kein Eis«, sagt der Schwarze hinter dem Tisch.

»Und Alkohol wird nicht getrunken«, sagt der Anführer. »Auch von Ausländern nicht.«

Ich nehme ein Fünf-Mark-Stück aus der Hosentasche. »Adler oder Zahl?«

Der Mann sieht mich fragend an. Es ist, glaube ich, das drittemal, daß er mich ansieht, seit wir uns vor einer Stunde trafen.

»Wir knobeln«, sage ich. »Wenn Sie gewinnen, trinke ich warmes Ginger Ale. Andernfalls schütte ich mir soviel Scotch in mein Glas, wie ich nur will. Also?«

»Glücksspiele sind auch verboten«, sagt der Anführer.

»Adler oder Zahl?« sage ich.

»Zahl«, sagt der Sudanese.

Ich werfe den Fünfer in die Luft und fange ihn auf. Es ist kein Kunststück, den Vogel nach oben auf die Hand zu klatschen. Man muß nur wissen, wie es geht. Für Männer hier, am Nil, ist das wohl etwas neu.

»Gewonnen«, sage ich und hole den Scotch aus meiner Tasche. Ginger Ale schmeckt scheußlich. Andererseits – an das Wasser dieser Gegend trau' ich mich nicht 'ran. Und meine Lage ist zu ernst für Whisky unverdünnt.

Ich strecke mich in dem Ledersessel aus. April wird wohl noch länger auf mich warten müssen.

Frage ist: Wie lange wartet sie?

Sie wartet. Sei ganz unbesorgt.

Und wenn nicht?

Dann lebe ich alleine weiter. Wie bisher.

An der Decke drehen sich gemächlich ein paar Propeller. Sie schaffen keine Kühlung. Ich mache meine Augen zu. So ein Scotch kann vieles für dich tun, nach einem langen Flug. Ehrlich. Er hilft bei Hunger. Und bei Müdigkeit. Auf jeden Fall vorübergehend. Und wenn du dich armselig fühlst, hilft er dir auch.

In dem Sessel ganz in meiner Nähe sitzt der Sudanese. Er läßt mich nicht aus seinem Blick.

»Geben Sie mir meinen Paß zurück«, sage ich.

»Nein«, sagt er. »Morgen sperre ich Sie ein. Das Gefängnis ist zu weit von hier für diese Nacht. Sie werden die letzte Nacht in einem Hotelbett schlafen.«

Ich sehe mir den Mann genauer an. Lange. Ich brauche Zeit zum Denken. Er versucht, meinen Paß in die Tasche seines Hemdes zu stecken. Es geht nicht. Die Tasche ist zu klein.

»Noch einmal, deutlich«, sage ich.

»Sie sind unter Arrest«, sagt der Sudanese.

Hinter dem polierten Tisch lehnt der Hoteldiener an einer schmutzig-weißen Wand. Vor dem Fenster geht die Sonne unter. Ein roter Ball über einer Wand aus Schilf.

Der Sudanese fächelt sich Luft zu. Mit meinem Paß.

»Was sind Sie von Beruf?«

»Ferry-Pilot.«

»Was ist das?«

»Überführungsflüge. Neue Maschinen von den Staaten nach Europa.« Ich gieße Whisky nach. Die Flasche Ginger Ale ist leer. Ich frage nicht nach einer neuen. »Geben Sie mir meinen Paß«, sage ich. »Lassen Sie mich weiterziehen. Morgen früh. Ich habe nichts verbrochen.«

Der Mann schlägt den Paß noch einmal auf. Er blättert darin herum. »Interessante Stempel«, sagt er. »USA, Kanada, Irland, Cypern, Israel.«

Ich nehme einen langen Schluck.

»Sie sind ein schwieriger Fall«, sagt er.

»Warum?«

»Zu viele Stempel.«

»Und?«

»Sie sind am Ende Ihrer Laufbahn. Viel Zeit zum Fliegen bleibt nicht mehr in Ihrem Leben.«

Ich sage nichts. Ich werde noch fliegen, wenn die Moskitos diese Null unter ihre Sümpfe gebracht haben. Nur wenige sind es wert, daß man sich mit ihnen streitet.

»Vermutlich sind Sie ein guter Flieger. In Ihrem Flugzeug liegt eine Kamera. Sie haben kluge Augen. Ihr Gesicht flößt Vertrauen ein.«

Ich schweige.

»Wer hat Sie angeworben? Die Amerikaner? Oder die Israelis?«

»Wenn ich nicht zu müde wäre, würde ich jetzt lachen«, sage ich.

»Ihre Augen lachen nicht«, sagt der Sudanese. »Sie sind kalt. Voller Haß.«

»Möglich«, sage ich. »Wo ist hier ein Telefon?«

»Nehmen wir an, wir treffen uns in einem anderen Land«, sagt er. »Was würden Sie mit mir machen?«

»Ihnen alle Knochen brechen«, sage ich. »Oder Sie vergessen.« Ich stehe auf. »Wo ist hier ein Telefon?«

»Das Hotel hat kein Telefon«, sagt er.

»Dann fahren Sie mich zum Postamt«, sage ich.

»Es ist Freitag. Alles ist geschlossen«, sagt er. »Was wollen Sie auf der Post?«

»Telefonieren«, sage ich. »Oder ein Telegramm aufgeben.«

»An wen?«

Auf diese Frage kriegt er keine Antwort.

April.
Hat sie den Töchtern schon von mir erzählt? Ohne Frage hat sie das. Sie kann damit nicht warten, bis ich vor ihrer Haustür stehe. Die anderen Gedanken mischen mit: *Es sieht schlecht aus.*

Ich nicke.

Nimm eine Mütze Schlaf. Richtig brenzlig wird's erst morgen früh.

»Nur noch diesen einen Drink.«

Gefängnis im Sudan muß schlimm sein. Ratten. Faules Wasser. Und kein Telefon. Kein Rechtsanwalt. Keine Kaution.

»Am Wochenende ist in der Botschaft niemand zu erreichen. Diplomaten spielen Golf. Oder geh'n auf Jagd.«

Vor Montag wird kaum was zu machen sein.

Für April bin ich Montag schon drei Tage überfällig. Schweigen. In mir. Und um mich herum. Wo soll April mich suchen lassen? Der Sudan ist eine Menge Land zum Suchen.

»So ein Mist«, sage ich. »Verdammter Mist.«

Die Propeller an der Decke dieser Lobby drehen sich nicht mehr. Ich strecke meinen Rücken. Die Schmerzen, die vom langen Sitzen kommen, sind wieder da.

»Sie haben mit sich selbst geredet«, sagt der Sudanese. »Tun Sie das öfter?«

»Ja«, sage ich. »Und nachts im Bett singe ich mich in den Schlaf.«

Ein letzter Schluck. Der Whisky schmeckt nicht mehr. »Wo ist mein Zimmer?«

Der Mann geht vor mir her. Im Korridor ist wenig Licht. Und keine Luft. »Hier«, sagt er. Vor der Tür steht ein Soldat mit Karabiner.

»Hier, nehmen Sie Ihren Paß«, sagt der Sudanese. »Fliehen lohnt sich nicht. In diesen Sümpfen kennen nicht mal wir uns aus.«

Das Zimmer ist drei Meter lang und allenfalls zwei Meter breit. Von der Decke hängt eine Lampe, roter Plastikschirm mit Fransen. Sie gibt kaum Licht. Das Bett erinnert mich an meine Kriegsgefangenschaft.

»Wenn es Ihnen zu heiß sein sollte, können Sie auf der Veranda schlafen«, sagt der Sudanese.

Die Veranda erstreckt sich das ganze Haus entlang. Vor jedem Zimmer ist ein Käfig. Fliegengitter nach den drei andren Seiten. In jedem Käfig gibt es eine Pritsche. Alle Pritschen sind besetzt. In dem Käfig neben mir wirft sich ein Araber mit Glatze unruhig hin und her. Draußen, vor dem Fliegendraht zur Straße hin, brabbeln Moskitos. Millionen. Fette Fliegen sind auch dabei. Libellen. Wespen. Käfer. Sie wabern umeinander. In Dreierlagen. Eine Wand. Schwarz und klebrig. Das Licht zieht die Insekten an. Sie wollen sich in den Käfig zwängen. Das Summen der Flügel deckt alle anderen Geräusche zu. Falls es draußen Geräusche geben sollte.

»Sind Sie sicher, daß dies ein Hotel ist?« frage ich den Sudanesen.

»Was denn sonst?«

»Ein Hühnerstall.«

Der Mann sieht mich böse an. Die Anzahl seiner Blicke zähle ich schon lange nicht mehr. Sein Soldat bleibt vor meiner Tür. Sie läßt sich nicht verriegeln.

Zähneputzen fällt aus. Waschbecken gibt es nicht. Dusche wäre Luxus. Sinnlos, danach zu fragen.

Ich lösche das Licht. Die Pritsche im Käfig ist hart. Ich rolle Hemd und Hose zu einem Kopfkissen zusammen. Die Leuchtpistole bleibt in der Tasche neben mir.

Mist. Ein großer, elendiger Mist.

Ich mache meine Augen zu. Rette mich in Träume. Immer wenn ich nicht mehr weiterweiß, hole ich Bilder der Vergangenheit zu mir zurück:

Ein Alpenflug bei blauem Himmel und verschneiten Bergen. Eine verstaubte Flasche Chianti Classico in Sabaudia mit einem Mädchen, dessen Namen ich vergessen habe. Ausgelassene Nächte in New York mit anderen Piloten, die für Aprils Mann fliegen. Geflogen sind.

Aprils Mann wird sich auf die Schenkel schlagen, wenn er von meinem Verschwinden hört. Falls er es je erfährt. April hat vor Monaten geschrieben, daß er meine Briefe an sie gefunden hat. Nun hat er endlich einen Scheidungsgrund. Ob Briefe von Verschollenen vor Gericht Bedeutung haben? Kann sein, doch wichtig ist das keineswegs. April will die Scheidung sowieso. Alimente verlangt sie nicht von ihm. Geld hat sie von ihren Eltern her. Mehr als genug. Das wird eine Scheidung Zug um Zug.

April.
Ich hab' ihr oft geschrieben. Anfangs dachte ich, daß ich sie bald vergessen würde. Doch im Quadrat der Entfernung vermißte ich sie mehr und mehr.

Der Gedanke bringt mich selbst zum Lachen: im Quadrat der Entfernung. Ich halte mir den Bauch. Und lache leise, damit mich niemand hört. Quadrat der Entfernung. Ein Satz aus der Schule. Lange her. Als wär' ich jemals mitgekommen, in irgendeiner Schule! Keineswegs. Ich war überall der Klassenletzte. Andere haben mir beim Abitur geholfen. Ohne Freunde hätte ich das Abi nie geschafft. Und bis heute geht es mir noch so – die Angst vor Examen, irgendwelchen, hat mich nie verlassen. Schweiß bricht mir aus, wenn ich zu einer Prüfung muß.

Bei Licht besehen sind meine Briefe nur ein dünner Scheidungsgrund. Ein Mann, der niemals glücklich war, spricht zögernd von seiner neu entdeckten Einsamkeit. Er schreibt verwundert, daß er sehr genügsam sei: ein Charleston, ein kalter Vormittag im Park, ein Kuß vor einem Polizisten, der nicht wegsieht. Einmal, als er betrunken ist, schreibt er, daß er sie nicht vergessen kann. Er sitzt auf einem Hotelbett in New York. Weit nach Mitternacht. Irgendwo in der 86. Straße. Er hat getrunken, ja, aber er muß sie wiedersehen. Was für ein Leben ist das schon, jetzt, wo er doch liebt? Was soll ein Scheidungsrichter damit schon groß wollen? Denn ihre Antwortbriefe wird der Richter nicht zu Gesicht bekommen können. Weil es sie nicht mehr gibt. Ich habe sie verbrannt. Ich hebe Briefe niemals auf. Die von April waren meistens kurz. In einer Schrift, die sehr viel Platz einnimmt. In den Osterferien war sie mit den Töchtern auf Zelt-Safari. Im Tsavo-Park, der voller Elefanten ist. Ihr Mann ist nicht dabeigewesen. Sie weiß nicht, wo er ist. Wochen später schreibt sie von dem Amateur-Theater, in dem sie eine Rolle spielt. In einem Stück von T. S. Elliott. Englischer Dichter. Ich habe mir das Stück gekauft, aber nur den ersten Akt gelesen. April schreibt, daß sie viel über uns nachdenke. Vor der Kaffee-Ernte hätte sie immer sehr viel Zeit. Wo hätte ich die Arroganz hergenommen, über ihren Kopf hinweg Entscheidungen zu fällen? Bei unsrer Begegnung im Hyde Park, als ich entschieden hatte, sie ihrem Mann wegzunehmen? Im Grunde sei dagegen nichts zu sagen. Doch warum hatte ich sie nicht gefragt? Wie hätte ich nur wissen können, daß sie einverstanden sei? Auf solche Sätze antworte ich nicht im nächsten Brief. Weil ich nicht weiß, was ich dazu schreiben soll.

Im Quadrat der Entfernung werden Aprils Briefe zarter. Oft sind sie von Unruhe erfüllt. In solchen Zeiten gibt April Parties. Denn: »was ist das schon, ein Leben ohne Lachen?« Ans Ende eines jeden Briefes schreibt sie einen Kuß für mich. Dann wird es Sommer. Und sie steht am Fenster meines Zimmers.

»In welchem Stock sind wir?«

»Im Achtzehnten«, sage ich. »Der See da vorne ist die Alster. Und gleich dahinter liegt der Hafen.«

»Viele Kirchtürme«, sagt sie mit ihrer tiefen Stimme, »Hamburg ist schöner, als ich dachte.«

»Wenn es nicht regnet«, sage ich, »dann schon.«

Sie hat nur einen Koffer mitgebracht. »Ich kann nicht lange bleiben.«

Am Abend will sie Disco tanzen. Musik jagt überlaut durch meinen Schädel. Wir trinken Coke mit Rum.

»Laß uns nach Hause gehen«, sage ich.

»Warum?«

»Dein Mann sucht einen Scheidungsgrund. Bis jetzt hat er nur meine Briefe.«

April lacht schallend und fährt mir durch die Haare. Dann wirbelt sie noch einmal neben andren Tänzern über das Parkett. Nachts, in meinem Bett, halte ich ein Kind in meinen Armen. April ist passiv. Verschreckt. Irgendwann weckt sie mich. »Bist du enttäuscht?«

»Nein. Warum?«

»Ich habe kaum Erfahrung«, sagt sie.

»Wenn es nichts weiter ist«, sage ich, »das läßt sich ändern.«

»Es fällt mir schwer, davon zu sprechen.«

»Dann sprich nicht«, sage ich.

»Ich springe nicht sofort zu jedem Mann ins Bett«, sagt sie.

»Nein«, sage ich, »das tust du sicher nicht.«

»Die Männer glauben das«, sagt sie. »Wegen meiner Stimme. Und weil ich gerne fröhlich bin.«

»Du bist eine Partynudel«, sage ich. »Man muß dich nehmen, wie du bist.«

»Glaubst du, daß du das kannst?« fragt sie.

Ich nicke. »Während du tanzt, geh' ich an die Bar was trinken.«

»Ich will aber mit dir tanzen.«

»Das ist gut«, sage ich.

April geht zu meinem Fenster. »Vor meinem Mann habe ich keinen Mann gekannt.«

»Ich will von deinem Mann nichts hören.«

»Fliegst du noch für ihn?« fragt sie.

»Nein«, sage ich, »bevor er den Vertrag zerknüllen konnte, habe ich ihn zerrissen.«

»Und wovon lebst du jetzt?«

»Ich fliege für einen Mann, den ich aus dem Krieg kenne. Wir fotografieren Bauernhöfe.«

»Aus der Luft?«

»Ja. Am nächsten Tag geht mein Freund zu den Bauern und verkauft ihnen die Bilder. In Farbe. Großformat. Bereits gerahmt. Die Bauern hängen sich die Bilder über ihre Sofas.«

»Kann der Bauer seinen Hof erkennen?«

»Das will ich meinen! Ich slippe die Maschine ganz nah bis an die Dächer dieser Höfe. Mein Freund hängt festgezurrt in der Öffnung auf der rechten Seite. Die Türe hab' ich ausgebaut. Mein Freund ist ein guter Fotograf. Seine Bilder gehen spielend weg.«

»Ist diese Art von Fliegerei nicht gefährlich?«

»Nein«, sage ich. »Und bitte schlag mir niemals vor, meinen Beruf zu wechseln.«

April nimmt sich eine Zigarette. Ich will keine. Coca und Rum haben meinen Mund ausgedörrt.

»Ich habe meinen Mann zweimal betrogen«, sagt sie.

Ich sage nichts.

»Jetzt dreimal«, sagt sie.

Im halben Licht der Nacht sieht sie zerbrechlich aus.

»Dreimal in fünfzehn Jahren«, sagt sie. »Ist das oft?«

»Zweimal zu viel«, sage ich. »Ich zähle nicht.«

Ich nehme ihr die Zigarette weg und hole mir einen tiefen Zug.

»Was muß ich tun, damit du dich noch einmal wie wild benimmst?« fragt sie.

»Geh mit deinem Mund auf mir spazieren«, sage ich.

Im Morgengrauen kommt ihre heisere Stimme vom Fenster her. »Die Stadt ist schön. Besonders nachts.«

An der Scheibe hinter ihr hängen dicke Tropfen.

»Es regnet«, sage ich.

»Ja«, sagt sie. »Ich kann nicht schlafen.«

»Regnet's stark?«

»Ja«, sagt sie. »Ich hätte einen Trenchcoat mitbringen sollen.«

»Wir gehen einen kaufen«, sage ich. »Vor mir liegt ein freier Tag. Bei solchem Regen brauch' ich nicht zu fliegen. Bauern kaufen ihre Höfe nur bei Sonnenschein.«

»Du hast mich nicht gefragt, warum ich hier bin«, sagt sie.

»Nein«, sage ich. »Ich frage nicht gern Fragen.«

»Mein Mann hat mir die Kinder weggenommen.«

»Es wird Tag«, sage ich. »Neben dem Bahnhof Mundsburg ist ein Kirchturm. Mit Uhr.«

»Gleich Fünf«, sagt April.

Ich stehe auf und gehe in die Küche. Im Eisschrank sind noch zwei Flaschen Bier. Ich öffne eine Flasche und gehe zu April zurück.

»Alle drei waren plötzlich fort«, sagt sie. »Der Mann und die Töchter. Er hat sie entführt. Nach London. Als sie ihm lästig wurden, hat er sie bei meinen Eltern abgegeben.«

»Und jetzt holst du sie dir zurück.«

»Ja«, sagt sie. »Doch vorher wollte ich dich wiedersehen.«

»Komm auf dem Rückweg noch einmal vorbei«, sage ich.

»Mit den Kindern?«

»Ja«, sage ich. »Irgendwann werden sie mich kennenlernen müssen.«

Sie nickt. »Irgendwann. Nicht jetzt sofort ...«

Das Wasser fällt den ganzen Tag vom Himmel. Wir drücken unsre Nasen an die Fensterscheibe. Über alle Straßen wogen Regenschirme.

»Kein Tag für eine Stadtrundfahrt«, sage ich.

»Nein«, sagt sie, »wir bleiben lieber hier.«

Ihr Blick wandert durch mein Zimmer. Ein Bett. Ein Schaukelstuhl. Ein Mini-Fernsehapparat, schwarzweiß, aus Japan. Das Telefon am Boden. Stapelweise Illustrierte. Sonst nichts.

»Wenn du mir schreibst, wo bist du dann?« fragt sie.

»Am Küchentisch«, sage ich. »Manchmal auch im Bett.«

»Seit wann hast du deine weißen Haare?«

»Schon ewig«, sage ich. »Es liegt in der Familie. Mein Vater war weiß. Und der Vater von ihm auch. Das muß ein toller Hecht gewesen sein, nach allem was ich höre. Er hat meiner Großmutter das letzte Kind gemacht, als er Zweiundachtzig war.«

April klatscht vor Freude in die Hände. Dann sieht sie mich prüfend an. »Wie alt bin ich, wenn du mal zweiundachtzig wirst?«

»Zweiundsechzig«, sage ich.

»Allmächtiger!« sagt April.

»Ja«, sage ich, »entschieden zu alt für einen guterhalt'nen Lümmel von Zweiundachtzig.«

In der Badewanne will sie wissen, ob ich am Weltkrieg teilgenommen habe.

»Ja«, sage ich, »als Flieger.«

»Bomber?«

»Nein«, sage ich, »Nachtjäger. Über dieser Stadt. Gott, ist das lange her.«

»Hast du andere abgeschossen?« fragt sie.

»Ja«, sage ich.

»Auch Engländer?«

Ich nicke. »Engländer auch.«

Mittags grille ich uns Steaks. »Hoffentlich gefällt dir meine Art, Salat zu machen«, sage ich. April sieht mir von einem Küchenhocker zu.

»Warum fliegst du nicht für Lufthansa? Oder eine andere Linie?«

»Möchtest du mich in Dunkelblau? Mit vier Streifen an den Ärmeln?«

»Sag.«

»Sag was?«

»Warum nicht?«

Ich werfe Eis in zwei Gläser und gieße Scotch und Wasser drüber. Aprils Drink kriegt mehr Wasser zugeteilt als meiner.

»Sie haben mich nicht genommen«, sage ich.

»Wie ist das möglich?« fragt April.

»Ich bin mit Glanz durch alle Prüfungen gesegelt.«

April lacht, bis ihr die Tränen kommen. Ihr Lachen klingt noch tiefer als die Stimme, wenn sie spricht.

Den Nachmittag verbringen wir im Bett.

»Du bist ausgehungert«, sage ich.

»Möglich«, sagt sie, »aber es kann auch sein, daß ich dich liebe.«

Der Tag beeilt sich, uns davonzulaufen.

Abends schleppt sie mich wieder in die Discothek. Ich tu' ihr den Gefallen, verrenke meine Glieder.

Auch diese Nacht kann sie nicht schlafen. »Wie kommst du mit Kindern aus?« Im Zimmer ist es dunkel. Der Regen hat nicht aufgehört. Wenn die Frau an ihrer Zigarette zieht, leuchtet ihr Gesicht.

»Schwere Frage«, sage ich. »Es mangelt an Erfahrung.«

»Fühlst du dich wohl in dieser Stadt?«

»Ja«, antworte ich. »Sie liegt mir sehr.«

»Komm zu mir nach Nairobi«, sagt sie.

»Gern«, sage ich. »Und dann was?«

»Was gibst du hier schon auf?« fragt sie.

»Wenig«, sage ich. »Aber ich habe noch nie Kaffee gepflückt.«

Sie lacht. »Das machen andere.«

Ich hole mir einen Zug aus ihrer Zigarette. »Du hast ein großes Haus, zwei Kinder, und viel Geld.«

»Und?« sagt sie.

»Der Rahmen ist zu groß für mich. Ich kann ihn mir nicht übers Sofa hängen.«

Sie raucht und sitzt am Fenster. Die halbe Nacht. Sie trägt ein Hemd von mir. »Kenia ist ein wunderschönes Land. Ich bin dort geboren. Kannst du verstehen, daß ich nicht nach Europa möchte?«

»Ja«, sage ich. »Das ist verständlich.«

»Auch meine Eltern wollten nie nach London zurück«, sagt sie. »Dann mußte Vater sich an den Augen operieren lassen. Er ist fast blind.«

Ich gehe zu ihr, streife das Hemd beiseite und küsse ihre kleinen Brüste. Sie schlingt ihre Arme um meine Schultern.

»Seitdem habe ich das Haus in Rosslyn ganz für mich.«

»Hör jetzt auf zu reden«, sage ich. »Und komm ins Bett.«

»Ich fühle mich allein in dem großen Haus«, sagt sie, »außer an Wochenenden, wenn die Kinder da sind. Oder ein paar Freunde.«

»Eine einsame Partyjule und ein vom Wind zerzauster Mann, der endlich liebt«, sage ich und hebe sie von der Fensterbank. Sie ist sehr leicht. Ich lege sie aufs Bett und schalte alle Lampen an.

»Warum?« fragt sie.

»Ich will dich sehen.«

Sie ist verlegen.

»Ich will dich betrachten«, sage ich. »Für den Rest der Nacht.«

»Warum?« fragt sie.

»Weil mir bis zu deinem Flugzeug nur noch ein paar Stunden bleiben.«

Ich wecke sie um sechs. Sie macht Kaffee. Wir schlürfen ihn im Bett. Vor dem Fenster regnet's weiter.

»Ich möchte nicht, daß du mich zum Flugplatz bringst«, sagt sie. »Laß mich in einem Taxi geh'n. Es ist mir wirklich lieber.«

Im Fahrstuhl klammern wir uns aneinander. Die anderen Leute stören nicht. Aprils Mund schmeckt nach dem Kaffee von vor 'ner halben Stunde. Ich geb' dem Taxifahrer ihren Koffer.

»Sie kommen nicht mit?« fragt er.

»Nein«, sage ich und bleibe im Regen stehen. April winkt noch lange Zeit.

Ein wacher Traum zurück in die Vergangenheit. Hundertdreiundzwanzig Tage sind ins Land gegangen. Die Gegenwart heißt Malakal. Und eine Zukunft scheint es kaum zu geben.

Ich rolle mich auf den Bauch. Die Pritsche ist hart. Der Soldat vor meiner Tür ist eingeschlafen. Das Licht vom Korridor fällt auf das Fliegengitter. Nur wenige Moskitos krabbeln noch daran herum. In den Käfigen neben mir ist alles still. Auch mir fallen die Augen zu. Doch die Stimme in mir schweigt nicht gern. Sie schläft immer erst viel später ein: *Bis jetzt war's ein gutes Leben.*

»Ja. Das ist es wohl gewesen. Und es ist alles andre als zu Ende.«

Es muß einen Ausweg geben.

»Genau. Nur ausgeschlafen muß ich sein.«

Wenn ich hier raus bin, kauf' ich Hummer, Austern, Muscheln. Von den Fischern an der Küste.

»Wie heißen die Orte gleich?«

Mombasa. Malindi. Tanga. Dar es Salaam.

»Richtig. Die Strände dort sind breit genug für meine Cessna. Und hart genug für Start und Landung. Das steht in vielen Büchern nachzulesen. Ich werde Hummer nach Nairobi fliegen. Täglich frisch. Nicht tiefgefroren. Nur auf Eis. Frisch. Sowas hat es in der Gegend noch nicht gegeben. Man wird mir die Krustentiere aus den Händen reißen. Die Hotels sind voller Safari-Gäste. Wohlhabende Leute aus Europa und den USA. Wie heißen gleich noch die Hotels?«

New Stanley, Hilton, Intercontinental, Norfolk, Panafric.

»Ein Vermögen ist damit sicher nicht zu machen. Andererseits – ich brauche ja nicht viel. Ein Haus aus Holz am Strand. Irgendwo bei Mombasa. April wird mich dort besuchen kommen. An Wochentagen. Zwischen Montag und Freitag.«

Und an Wochenenden steht ein Zimmer in Aprils Haus bereit.

»Nicht ein Zimmer. Das Zimmer. Aprils Zimmer.«

Hört sich nach einem guten Leben an.

»Ja. Und mit etwas Glück und Rückenwind werden mich die Töchter mögen. Ich fliege sie in den Tsavo-Park. Oder woanders hin. Zu Büffeln, Elefanten, Löwen.«

Das klingt sehr nach verwöhnen.

»Kaum. Wie macht man das – Kinder verwöhnen? Ich weiß es nicht. Ehrlich.«

Schlaf holt mich ein. Verschlingt mich, stürzt mich in Ohnmacht.

Stunden später ruft mich jemand. Der Ruf ist nur geflüstert: »Pilot, wach auf!«

Eine tiefe Männerstimme flüstert auch: »Mister, es ist Zeit!«

Ich zwinge mich aus dem Schlaf heraus. Der Himmel vor dem Käfig hat Rot in die Farben seiner Nacht gemischt. Die Moskitos sind vom Fliegendraht verschwunden. Hinter dem Gitter steht ein Mann. Neben ihm ein kleines Mädchen. Das Mädchen winkt. Ich soll zu ihr kommen. Hinter dem Jeep hängt das Faß auf Rädern.

Ich greife Hemd, Hose, Schuhe, Tasche und schleiche zur Tür. Der Wachsoldat schläft immer noch. Das Mädchen preßt erschreckt die Hände auf den Mund. Ihr Vater senkt den Kopf.

In der Bordtasche ist mein altes Messer. Der Fliegendraht ist nicht sehr dick. Das Messer schneidet ohne Schwierigkeit hindurch. Es macht auch kaum Geräusch. Selbst der Motor vom Jeep weckt die Kerle in den anderen Käfigen nicht auf. Ich steige durch das Loch im Draht und springe auf den Jeep. Während der Fahrt über den Deich zieh' ich mich an. Die Fahrt scheint ewig lang.

Ich seh' mich ständig um.

»Es folgt uns keiner«, sagt der Benzin-Mann.

Mein Flugzeug ist naß vom Tau der Nacht. Die Kleine macht die Leinen los. Ich klettere auf die linke Fläche und drehe den Tankverschluß auf. Der Vater reicht mir den Schlauch nach oben und beginnt zu pumpen.

»O Gott«, sage ich.

»Was ist?« fragt er von unten. Seine Augen sind Schneebälle in der Schwärze des Gesichts.

»Haben Sie keine Motorpumpe?«

»Nein«, sagt er. »Ich pumpe immer mit der Hand. Keine Sorge, es wird nicht lange dauern.«

Er pumpt mit aller Kraft. Rechts, links, rechts. Mit jeder Bewegung schießt ein Strahl Benzin in meinen Tank.

Der Himmel färbt sich rosa. Im Sumpf neben der *Runway* wachen die Moskitos auf. Die ersten kommen herangeschwirrt. Ashraf lassen sie in Ruhe. Ich reibe Gesicht und Hände wieder mit Benzin ein. Vom Hotel hinter dem Nil ist nichts zu hören.

Die Bewegungen des Benzinmannes werden langsamer. Ich springe von der Fläche. »Klettern Sie rauf.«

Er nickt.

Seine Tochter legt ihre kleinen schwarzen Finger auf meine Hände mit den dicken Adern. Gemeinsam werfen wir den Pumpenarm herum. Links, rechts, links, rechts. Der Vater baumelt seine Beine von der Fläche. Er hält den Benzinschlauch in den Tank.

»Meine Tochter mag Sie gern«, sagt er.

»Gekochter Fisch«, sage ich.

»Nein«, sagt er. »Das ist es nicht.«

»Sondern?«

»Der Wind hat Sie wie eine Hühnerfeder den Nil aufwärts gepustet.«

»Und?«

»Das hat Ashraf sehr gefallen.«

Die Kleine nickt und lacht.

»Ich könnte ihr noch mehr erzählen«, sage ich.

»Tun Sie es«, sagt der Vater. »Die Soldaten schlafen noch.«

Die Nacht ist fast vorüber. Die Sonne meldet sich an. Es wird warm. Das Pumpen ist ungewohnt. Ich schnaufe.

»Einmal bin ich tief über das Mittelmeer geflogen«, sage ich. »Es war in der Nähe von Neapel. Delphine sind aus dem Wasser gesprungen. Sie wollten mich wohl aus der Nähe sehen. Mein Flugzeug ist ziemlich langsam. Die Delphine wollten mit mir um die Wette schwimmen.«

Der Vater übersetzt. Die Tochter freut sich.

»Was sind Delphine?« fragt der Vater.

»Große Fische«, sage ich. »Zwei Meter lang. Delphine sind die besten Freunde, die wir Menschen haben.«

»Tatsächlich?« sagt der Sudanese.

»Ja«, sage ich. »Sie können ziemlich schnell schwimmen. Nur fliegen, das können sie nicht.«

»Und doch sind sie aus dem Wasser gekommen«, sagt der Benzinmann.

»Sie schnellen sich heraus«, sage ich. »Dann tauchen sie unter und nehmen einen neuen Anlauf. Wenn sie merken, daß sie mich nicht einholen können, geben sie auf und schwimmen woanders hin.«

Der Vater sagt der Tochter in seiner Sprache, was ich erzählt habe. Dann fragt die Kleine was und der Vater sagt: »Ashraf möchte wissen, ob die Fische traurig waren, als sie nicht so schnell mitschwimmen konnten.«

»Das weiß ich nicht, Ashraf«, sage ich, »es ist nicht bekannt, ob Fische traurig sein können.«

Der Vater legt den Kopf auf die linke Seite. »Die Soldaten kommen!«

Von weit hinter den Sümpfen ist der Motor des Lastwagens zu hören.

»Der Tank ist immer noch nicht voll«, sagt Ashrafs Vater. Ich pumpe schneller.

»Machen Sie Schluß«, ruft er. »Die Soldaten dürfen mich nicht mit Ihnen hier erwischen.«

Er dreht den Tank zu und springt von der Fläche. Ich klettere ins Cockpit.

»Bremsklötze weg?« rufe ich aus dem Fenster.

Der Schwarze nickt. Er läuft zum Jeep. Die Kleine rennt hinter ihm her. Der Bedford ist jetzt deutlicher zu hören. Seine Scheinwerfer tasten sich den Deich entlang. Ich gebe Mischung, verstelle die Schraube und drehe den Schlüssel. Der Propeller dreht ein, zwei Mal. Dann springt der Motor an. Ich atme auf. Vorwärmung. RPM auf zehntausend, nur ganz kurz. Zum Warmlaufen bleibt keine Zeit. Und an Abbremsen ist nicht zu denken. Ich rolle die Maschine zur Piste Eins Sieben. Wo ist Ashraf? Ich hab' ihr nicht good bye gesagt. An der Wellblechbude steht sie nicht. Der Jeep ist nicht mehr da. Neben meinem Sitz hab' ich immer noch den Eimer. Das Wasser stinkt schon etwas brackig. Beim Rollen öffne ich die Tür und schubse den Eimer nach draußen. Der Lastwagen ist vom Deich herunter. Er kommt vom andren Ende der *Runway* auf mich zu.

Ich gebe volle Kraft und bleibe mit beiden Füßen auf den Bremspedalen stehen. Das Flugzeug schüttelt sich. Ich lasse los. Die Maschine schnellt nach vorn. Wir nehmen Fahrt auf. Der Bedford hat alle Lampen an. Sein Suchscheinwerfer streckt einen langen Finger nach mir aus. Wir jagen aufeinander zu. Ich schalte meine Landelichter ein. Das blendet die Soldaten. Bis kurz vor dem Zusammenprall halte ich die Maschine am Boden. Im Licht meiner Scheinwerfer kann ich Soldaten sehen, die von der Ladefläche springen. Sie stürzen auf die Piste, oder in das Schilf daneben. Ich reiße die Klappen raus und ziehe den Knüppel voll an meinen Bauch. Wie ein Fahrstuhl jagt es uns nach oben. *Unisono.* Ich erkenne Mündungsfeuer aus Gewehren. Die Schüsse sind nicht zu hören. Und sie scheinen nicht zu treffen. Rot und rund geht links von uns die Sonne auf. Wir steigen steil in sie hinein. Wer jetzt noch auf uns schießen will, ist sehr schlecht dran. In dem roten Sonnenball sind wir nicht mehr auszumachen. Wenn du da reinschaust, kommen dir die Tränen.

Ich warte ein paar Minuten. Dann korrigiere ich auf Kurs 14. Die Sonne gibt uns ihre Farbe. Alles ist glutrot: meine Hände, die Instrumente, das Plexiglas der Kanzel und der Propellerkreis davor.

Der rechte Tank ist von gestern her noch fast voll. Dem linken fehlt 'ne ganze Menge. Bis Nairobi schaffe ich das damit nie. Macht nichts. Wichtig ist nur, daß ich im Sudan nicht noch mal runter muß. Wenn ich über Uganda bin, lande ich auf einer Hauptverbindungsstraße. Ich werde Farmer um Benzin angehn. Anzunehmen, daß die Leute hier Kanister als Reserve mit sich führen. Vier mal fünf Gallonen und ich bin wieder König. Die Oktanzahl ist zwar nicht hoch genug. Doch vermischt mit dem, was dann noch in den Tanks sein wird, muß es auf irgendeine Weise gehen.

Auf dem Radiokompaß hab' ich Juba eingedreht. Die Nadel springt unbeständig hin und her: vor mir türmt sich ein Gewitter. Obergrenze schätzungsweise zwanzigtausend Fuß. Zu hoch für mich. Und die Flasche mit dem Sauerstoff liegt im Gepäckraum. Da komm' ich jetzt nicht dran.

Ich hänge mich unter schwarze Wolken.

Juba ruft: »Cessna Delta Echo Foxtrott Foxtrott India von Juba Tower. Melden Sie sich!«

Ich schalte das Radio aus. Für Sudanesen bin ich heut' nicht mehr zu sprechen.

Abfangjäger können an einem Tag wie diesem gegen mich nichts werden. Wenn einer kommt, versteck' ich mich in dem Gewitter über mir. Falls ich mich nicht irre, wird im Sudan F 4 geflogen, Phantoms. Das sind Sorgenkinder in Gewittern. Zuviel Elektronik. Sowas zieht Blitze an. Cessnas machen da weniger Kummer. Gut, daß ich den Eimer rausgeschmissen habe. Er würde ganz schön überschwappen. Die Turbulenz ist jetzt schon ziemlich stark.

Gestern sah das Leben ohne Hoffnung aus. Heute bin ich ungehindert in der Luft. Fünf Stunden noch. Dann werd' ich in Nairobi sein. Nach der Landung such' ich mir als erstes ein Hotel. Ich dusche mich. Das wird auch Zeit. Dann laß' ich mich rasieren. In der Hotelbar kauf' ich mir einen Drink. Von da aus ruf' ich April an.

Noch vier Stunden fünfzig bis Nairobi.

Ich seh' nach unten. Mein Flugzeug hat keinen Schatten mehr. Die Götter Afrikas sind wütend. Sie werfen Blitze kreuz und quer durch die Wolkendecke über mir. Riesenhände heben mich nach oben. Dann schleudern sie mich der Erde zu. Die Flächen ächzen. Der Sturm hängt sich in den Propeller. Er jagt die Drehzahlen des Motors bis in den roten Bereich. Spielball der Götter. Ich muß an Ashraf denken. Wie heißen eigentlich Aprils Töchter? Ich habe nie danach gefragt. Bei Licht betrachtet versteh' ich mich ganz gut mit Kindern. Auch wenn ich selber keine habe. Man muß ja schließlich keine Henne sein, um zu wissen, ob ein Ei gut ist oder nicht. Ehrlich.

Ich werde Aprils Töchtern die Sache mit den Delphinen erzählen. Die beiden wissen sicher, was Delphine sind. Da hab' ich keine Zweifel. Außerdem: bis Nairobi bleibt viel Zeit. Ich kann mir noch was andres einfallen lassen.

Der Himmel schüttet Wasser über mich.

Was Ashraf jetzt wohl macht?

Sie ist auf dem Weg zur Schule.

»In einem Regen wie diesem hier?«

Warum auch nicht?

Ob es da unten Farmen gibt? Ich blättere die Karte auf meinen Knien um. Ja. Es gibt Farmen. Das Land wirkt grüner. Die Häuser haben rote Dächer. Vermutlich ist das schon Uganda.

Die Farmer glauben sicher, daß der Tag noch nicht begonnen hat. Unter und über mir ist Nacht. Mit der Taschenlampe leuchte ich die Flächen ab. An den Profilen bildet sich kein Eis. Ob die Farmer meinen Motor hören? Wenn ja, dann sagen sie: »Wer ist wohl der Verrückte, der bei diesem Wetter fliegt?«

Heute fängt das Wochenende an. Die Töchter sind zuhaus. Anzunehmen, daß April auch noch andre Leute eingeladen hat. Nicht, um meine Landung zu feiern. Eher, um nicht allein zu sein, falls ich nicht kommen sollte. Ein genaues Datum hab' ich ihr nicht nennen können.

Heute ist ein wichtiger Tag im Kalender meines Lebens. In meiner Tasche hab' ich noch etwas *Speed*. Ohne das Zeug schlafe ich spätestens beim Dinner ein, nach einem langen Flug, unter den Blicken von Töchtern und Bekannten. Ich freu' mich jetzt schon auf die Stunde, wenn die Kinder Gute Nacht sagen. Und die

Gäste in ihre Autos steigen. Denn dann fährt mich April ins Hotel zurück. Die erste Nacht will ich nicht in ihrer Villa schlafen. Der Vater ihrer Kinder hat fünfzehn Jahre lang darin gewohnt. Ich fliege nicht die lange Strecke, um in dem Bett von ihm zu sein. Ich beginne meine Zukunft nicht in den Kissen seiner Vergangenheit.

April.
Heute Nacht bleibt sie bei mir. In dem Hotel, das ich zu dieser Stunde, im Gewitter hängend, noch nicht kenne. Auf jeden Fall wird es das erste Haus am Platze sein. An einem Tag wie diesem zähl' ich nicht die Pfunde in der Tasche. April kann wieder mal die halbe Nacht am Fenster sitzen. Vielleicht kauf' ich schon bald das Holzhaus bei Mombasa. In meinem Leben wird's noch viele Fenster geben. April soll an allen Fenstern sitzen. Sie soll fragen, rauchen, lachen, und wenn sie mich am Schlafen hindern will, soll ihr das meinetwegen auch gelingen.

Die Frau des Griechen

Costa stand in der Tür zu seiner *Acropolis of London* und nahm zur Kenntnis, daß es Frühling geworden war. Die beiden Kastanien am Ende der Straße hatten weiße Kerzen in ihre fettfingrigen Blätter gesteckt.

»Grüne Indianer mit weißen Hühnerfedern im Kopfputz«, sagte Costa.

Die Mittagsgäste waren lange gegangen. Nur an Tisch Vier saßen noch zwei Männer, die sich ähnlich sahen. Einer jünger, der andere gut dreißig Jahre älter. Sie waren spät gekommen, hatten viel gegessen und getan, als wären sie zufrieden. Als es Zeit war für die Rechnung, hatten sie Cognac bestellt. Spanischen. *Carlos Primeros.* Eine ganze Flasche.

»Ich habe Sie nicht verstanden, *Monsieur*«, sagte der ältere der beiden.

»Zwei grüne Indianer auf dem Kriegspfad«, sagte Costa, »an der Ecke zur Bayswater Road.«

»Formidable«, sagte der Gast, »ohne Exoten ist London nicht denkbar.«

»In einer großen Stadt ist Platz für alle«, sagte Costa, »Inder, Juden, Japaner, Araber.« Er wischte mit der Hand über den Türrahmen. »Franzosen, Deutsche.«

»Engländer auch?« fragte der jüngere der beiden späten Gäste von Tisch Vier.

»Aber sicher«, nickte Costa, »Engländer auch. Fahrräder, Autos, Schmetterlinge. Nur Bäume nicht. Eine große Stadt kann ohne Bäume auskommen.«

»Liebe Güte«, sagte der Junge. »Eine Stadt ohne Bäume! Man stelle sich das einmal vor!«

»Ich kann mir das sehr gut vorstellen«, sagte der Wirt, »lange Straßenzeilen karger Mauern. Sie werfen sich gegenseitig die Sonnenstrahlen zu. Es gefällt ihnen, ohne Schatten zu leben. Wenn es regnet, läuft das Wasser weinend über die Gesichter dieser Mauern. Schöne, klare Flächen, von Menschenhand errichtet. Sie halten sich aufrecht unter einem Himmel, den Gott geschaffen hat. Ich weiß nicht, ob Sie es schon bemerkt haben, meine Herren, aber Gott schätzt das Werk der Menschen sehr. Nur wenn es um die Bäume geht – da läßt er sich nicht dreinreden. Mit den Bäumen experimentiert er selbst. Er steckt sie in die Erde, wo er will. Meistens in die Wälder.«

»Welch faszinierender Gedanke«, sagte der ältere der Männer.

»Und Blumen?« fragte der Jüngere. »Wie steht es mit den Blumen?«

Costa kam zum Tisch und goß Cognac in ein Glas, das ohne Wein geblieben war.

»Blumen wachsen für die Toten. Man flicht sie zu Kränzen, wirft sie auf Särge in karge Gruben.« Er nahm bedächtig einen Schluck.

»*Extraordinaire!*« sagte der Ältere. »Faszinierende Gedanken schönster Dekadenz!«

»Nein«, sagte der Wirt, »simple Gedanken meiner Heimat.«

»Wo ist Ihre Heimat?« fragte der junge Mann.

»Unweit Saloniki«, antwortete Costa. »Weiße Häuser. Herbe Frauen. Bröckeliger Boden, der sich nicht von Zierat befruchten läßt.«

»Was sagen die Frauen dazu?« wollte der Junge wissen.

Costa sah ihn fragend an.

»Frauen mögen Blumen«, sagte der junge Franzose.

»Ich weiß.« Costa nickte. »Manchmal, zwischen drei und vier, wenn hier nichts los ist, gehe ich an den beiden Kastanien vorbei, überquere die Bayswater Road, und suche mir eine Bank in den Kensington Gardens. Trotz des Frühjahrs ist es jetzt meist noch ein wenig kühl, aber im Sommer sitze ich gern mal so eine Stunde im Park.«

Wind kam auf und spielte mit der Eingangstür. »Stört Sie das Klappern?« fragte Costa.

»Keineswegs«, sagte der ältere Franzose.

»Letzten Sommer saß eine junge Verkäuferin neben mir auf der Bank. Sie aß Sandwiches und hatte Tee mitgebracht in einer Thermosflasche«, sagte Costa. »Ich zog ein paar Stiefmütterchen aus den Blumenbeeten und gab sie dem Mädchen. Sie sah müde aus. Ich weiß wohl, daß Frauen Blumen mögen. Als ich ihr die Blumen gab, hat sie sich gefreut.«

»Und?« fragte der Junge.

»Und nichts«, sagte Costa. »Sie hat die Blumen gern genommen und ist zu ihrer Arbeit zurückgegangen. Hübsch war sie eigentlich nicht, aber frisch. Sie sah unzerstörbar aus. Wissen Sie, was ich meine?«

»Ja«, sagte der Ältere.

»Als sie fortging, schwangen ihre Brüste schwer unter der sommerlichen Bluse. Mädchen tragen hierzulande keine Büstenhalter mehr.«

Costa füllte die leeren Gläser seiner Gäste. »Man trifft so viele Menschen und kann sich schon tags darauf nicht mehr erinnern. Weggewaschene Konturen. Alles, was mir in Erinnerung bleibt, ist meine eigene Freundlichkeit. Ich trage sie eingemeißelt im Gesicht, die Freundlichkeit.«

Ein sanfter Luftzug schob die Eingangstür ins Schloß.

»Das Mädchen von der Parkbank ist nicht weggewaschen?« fragte der Franzose.

»Keineswegs«, sagte Costa, »obgleich ich sie nur einmal sah. Ich nehme an, sie verkauft Zigaretten in einem Laden an der Edgeware Road, oder Pullover bei *Marks and Spencer*, anstatt meine Kinder zu erziehen.« Er sah die beiden Männer an. »Sie wissen, was ich meine?«

»Nein«, sagte der Jüngere und der andere fragte: »Wieviele Kinder haben Sie?«

»Zwei«, sagte Costa, »zwei Söhne.«

»Beneidenswert«, sagte der Franzose.

»Nur, wenn es auch eine Mutter zu den Söhnen gibt«, sagte der Grieche. »Das Mädchen von der Parkbank wäre mir recht gewesen. Als Erzieherin. Ich hätte mit dem Lohn nicht geknausert. Söhne brauchen eine Frau im Haus.«

»Mit schweren Brüsten«, sagte der junge Mann und lachte.

»Mir wär's recht«, sagte der Wirt. »In den ersten Jahren werden die Söhne ihre Köpfe an die schweren Brüste lehnen, wenn sie die Sehnsucht nach ihrer Mutter übermannt, oder wenn sie weinen, weil sie sich in den Finger geschnitten haben. Ein wenig später werden sie sich abwenden von dem Mädchen, das sie so sehr verwirrt. Jedoch nur bei Tageslicht. Abends lauern sie ihr dann auf, spähen durch die angelehnte Tür, warten voll glühender Erregung auf ihre Nacktheit.«

»Ein altmodischer Gedanke«, sagte der junge Mann. »Ein kurzer Blick in jede Illustrierte zeigt Ihren Söhnen Dutzende von nackten Frauen.«

Costa schüttelte den Kopf. »Den Duft der Frau findet man in keiner Zeitung. Und die dürren Nackten in den Blättern erröten nicht, wenn sie sagen: ›komm her zu mir, mein Kleiner – doch schließ die Tür schön leise . . .‹.«

»Der Wirt ist ein Poet«, lachte der Franzose, »ein jeder Sohn braucht einen solchen Vater.«

Costa war geschmeichelt. »Erinnern Sie sich noch an die erste Frau in ihrem Leben?«

»Als wär' es gestern erst gewesen!« rief der Ältere und der andere sagte: »in meinem Fall war nichts besondres los.«

»Mich hat die Lehrerin über den schmalen Grat geführt, der aus Knaben Männer macht.« Costa nahm einen Schluck aus seinem Glas.

»Ihre Lehrerin?« fragte der Franzose begeistert.

»Ja«, sagte Costa. »Ich habe sie begehrt, seit dem ersten Schultag. Sie wußte es, die Lehrerin, und hat sich Zeit gelassen.«

»Wie lange?« fragte der Jüngere.

Costa hob die Schultern. »Ein paar Jahre. Bis es eben soweit war.«

»Hören Sie nicht auf«, sagte der Franzose, »Sie haben in mir einen Verehrer Ihrer Erzählkunst gefunden.«

»Das freut mich«, sagte Costa. »Die Lehrerin erwartete mich im Bett eines ausgetrockneten Flusses. An einem Sonntag, nach der Kirche und dem Fußballspiel. Es kommt nur selten vor, daß Leute durch die Hügel hinter dem Dorf wandern, sonntags nach dem Fußballspiel, wenn die Luft heiß und träge über dem gelben Land flimmert. Unter dem Kleid trug sie ein Korsett. Sie erlaubte mir, die vielen Schnüre zu lösen. Es dauerte lange, weil meine Hände zitterten. Ich weiß noch, daß ich mich fragte, wie stark der Mann gewesen sein mußte, der diese Rüstung zugeschnürt hatte. ›Beeil Dich‹, sagte die Lehrerin. Ihre Augen waren zu Schlitzen geworden und sie biß sich in die untere Lippe. Ich sagte: ›mit Gottes Hilfe werden wir sie auch wieder zugeschnürt kriegen, Frau Lehrerin‹.«

»Herrlich!« rief der Franzose, »unbezahlbar!«, und der Jüngere wischte sich die Tränen aus den Augen.

Costa lachte auch. »Mein Gott, ist das lange her . . .«

»Und alsbald nahm die Lehrerin den Schüler in ihr Bett?« fragte der Franzose begierig.

»Ins Flußbett«, nickte Costa. »Es war kein Wasser drin.«

»Das sagten Sie bereits«, meinte der Jüngere.

»Ihr Körper war massig«, sagte Costa. »Schwer. Wie die Berge ringsum. Und weiß wie der Kalkstein auf den Wegen zum Dorf. Ich mußte meinen Kopf zwischen ihre Brüste legen. Sie waren gewaltig, diese Brüste. Mit beiden Händen preßte die Lehrerin ihre Brüste an meinen Kopf.«

»Worauf dem Schüler hören und sehen verging!« brüllte der Ältere.

»Ich konnte ihr Herz trommeln hören«, brüllte Costa zurück, »aber ich hörte auch, daß sie rief ›und jetzt den Phallus!‹, bevor sie ihn in sich hineinschob. Es war, als würde sich die Erde öffnen. Ich glaube, ich bin ohnmächtig geworden. So muß es gewesen sein, als der Schöpfer das Land vom Wasser trennte und den Himmel darüber stülpte. Das Erdbeben in mir kam schnell zu einer Explosion, die mich zu zerreißen schien. Ich rang nach Luft. Ein Spalt zwischen den Brüsten erlaubte mir einen Blick auf das schweißüberströmte Gesicht der Lehrerin. Es schien vom Schmerz verzerrt und ich erschrak gewaltig. ›Tue ich Ihnen weh, Frau Lehrerin?‹ rief ich, und sie warf den Kopf verzweifelt hin und her, und sie stöhnte: ›hör nicht auf, du dummer Junge du!‹ – ›Aber die Schmerzen‹, rief ich entsetzt. ›Denken Sie doch nur, die vielen spitzen Steine in Ihrem Rücken!‹ – ›Wir werden ein paar davon zermalmt haben‹, rief die Lehrerin, ›mach dir nichts draus, du kleiner Stier – Steine kennen keine Schmerzen!‹«

Der Franzose sprang vom Stuhl und hielt sich den Bauch. Der Jüngere lag mit dem Gesicht auf dem Tisch und schrie: »Aufhören! Aufhören!« Er lehnte sich mit dem Stuhl zurück. Dann kippte er um und ließ sich lange Zeit, bevor er wieder aufstand.

Costa trug die leeren Teller in die Küche. Dann ging er zur Eingangstür und sagte freundlich: »Es will tatsächlich Frühling werden.«

»Was ist aus den grünen Indianern geworden?« fragte der Franzose.

»Sie drücken sich immer noch an der Bayswater Road herum«, sagte Costa.

»Wo ist die Mutter Ihrer Söhne?« fragte der Jüngere, und der andere Gast sagte: »Sie müssen meinem Sohn die Taktlosigkeit nachsehen. Jugend ist neugierig.«

»Glenda ist hier in London«, antwortete Costa. »Es macht mir nichts aus, über sie zu sprechen. Wir sollten uns einen Kaffee machen.«

Die drei Männer gingen in die Küche.

»Es waren gute Jahre, die erste Zeit«, sagte Costa. »Wir haben uns auf einer Kreuzfahrt zwischen Athen und Istanbul kennengelernt.«

»Wie romantisch«, sagte der Jüngere.

»Nein«, sagte Costa. »Ich war Kellner und Glenda kalte Mamsell. Auf der *Dionysos*. Wir haben uns sehr geliebt. Glenda mußte zweimal abtreiben. Das hat viel Geld gekostet. Es war besser, zu heiraten. Dann haben wir dieses Lokal gemietet und die nächsten zwei Babies hat sie ausgetragen. Es sind die Söhne, von denen ich erzählte.«

Der Franzose füllte Wasser in die Glaskugel einer Cona. »Wer hat den Meißel geführt, der die Freundlichkeit in Ihre Züge grub?« fragte er.

Costa sah sein Gegenüber lange an. »Glenda«, sagte er. »Sie ließ viel Einsamkeit zurück.«

Der Franzose nickte verständnisvoll.

»Es geschah keineswegs von einem Tag zum anderen«, sagte Costa, »Menschen, die zerstören wollen, lassen sich viel Zeit dazu. Eile nimmt ihnen den Spaß. Sie zerschneiden Seelen scheibchenweise.«

»Es ist heiß hier in der Küche«, sagte der Sohn des Franzosen.

»Schon Wochen, bevor sie mich endgültig meiner Einsamkeit überließ, hatte sich die Freundlichkeit in meinem Gesicht festgesetzt. Ursprünglich muß Sorge aus meinem Gesicht gesprochen haben. Oder Schmerz. Gäste fragten, ob ich es am Magen hätte, und der Hausarzt sprach von Herzinfarkten. Da bin ich heimgegangen und habe meine Söhne angesehen und gespürt, wie die Wärme in mein Gesicht stieg. Die Wärme, die von Liebe kommt. Falten, die die Freundschaft macht, sind gute Falten. Ich beschloß, sie festzuhalten. Von Stund an sagten meine Gäste: ›Seht nur, wie glücklich Costa ist – es steht ihm ins Gesicht geschrieben‹. Abends, nach einem Tag mit achtzig, neunzig Essen, winkten die Söhne ›Hallo Papa!‹ und wendeten sich wieder dem Fernseher zu. Ich ging ins Bad und starrte in den Spiegel. Und wissen Sie, was aus dem Spiegel zurückstarrte?«

»Freundlichkeit«, sagte der Franzose.

»Freundlichkeit«, sagte Costa. »Sie haben es erkannt.«

Die Männer trugen den Kaffee ins Restaurant zurück.

»Ich krieg' sie einfach nicht mehr fort aus dem Gesicht«, sagte Costa. »Fragen Sie mich etwas Schmerzliches und überzeugen Sie sich selbst.«

»Warum hat Glenda Sie verlassen?« fragte der Sohn des Franzosen.

»Sexual-Neurose«, sagte Costa. »Wenn ich mich nicht irre, ist sie noch da, die Freundlichkeit.«

»Ja«, sagte der Junge, »tatsächlich.«

»Glenda fand, ich fordere zu viel von ihr. ›Die Rangelei im Bett muß doch einmal ein Ende haben‹, sagte sie – ›den ganzen Tag versorge ich die Küche der *Akropolis,* und abends, wenn andere Männer müde sind, siehst du mich mit feuchten Augen an.‹ Später bestand sie darauf, daß ich sie zu ihrem Arzt begleite. Ich saß im Vorzimmer und mußte lange warten. Andere Patientinnen kamen schneller wieder durch die Türen, die für Männer fest verschlossen sind. Wie finden Sie den Kaffee?«

»Gut«, sagte der Franzose.

»Wenn Sie mal wieder reinschauen, mache ich uns griechischen Kaffee«, sagte Costa und legte seine plumpen Hände auf das Tischtuch. »Ich begann, ihr Blumen zu bringen, und sie sagte, daß sie das Recht auf ihren Körper auch dann nicht aufgeben würde, wenn ich ihr Opfer brächte.«

»Wie ist das zu verstehen?« fragte der junge Mann.

»Glenda weiß, daß ich Blumen nicht berühren mag.«

»Ach so«, nickte der Junge.

»Schließlich fand sie, es sei ihr nicht länger zuzumuten, die Fliesen der *Akropolis* zu waschen. Es müsse mit der Sklaverei ein Ende haben. Sie sehne sich nach ihrer Freiheit. Verstehen Sie, was ich meine?«

»Nicht ganz«, sagte der Ältere, »welche Freiheit?«

»Sehen Sie, das hab' ich auch gefragt«, nickte Costa. »Freiheit von dem Tag-nach-Tag-nach-Tag, hat sie mir zur Antwort gegeben. Schluß mit der Erziehung ungeratener Kinder, Schluß mit der Bevormundung durch einen Mann! Und ein dreifacher Schlußstrich unter das Betasten ihres Körpers durch meine Hände. Sie wolle endlich wieder einen ganzen Tag durch London laufen dürfen, ohne beim Heimkommen hören zu müssen ›ich hab mir Sorgen gemacht‹.«

Costa schlürfte seinen Kaffee, nachdenklich, wie ein griechischer Bauer seinen Kaffee trinkt, mit Freunden, auf dem Marktplatz.

»Es ging ziemlich lange so«, sagte er. »Und dann war sie fort. Sie hatte ihre Pelze mitgenommen, die Kleider und das bißchen Schmuck. Mir blieben die Möbel und die Söhne. Manchmal wüßte ich gern, wie sie sich fühlt. Ich glaube nicht, daß sie durch London laufen muß. Sie wird sicherlich gefahren, in hellen, roten Sportwagen, von jungen Männern mit viel Geld.«

»Eine schlimme Geschichte«, sagte der junge Mann.

»Verzeihen Sie mir«, sagte Costa, »ich hätte meinen Kummer für mich behalten sollen.«

Der junge Mann zuckte nur leicht mit den Schultern.

Eine Weile schwiegen die drei Männer. Sie waren schläfrig und tranken ihren Kaffee und warteten darauf, daß einer von ihnen die Brücke finden würde, die über die Rechnung nach draußen ins Freie führt. Ab und an fuhr ein Auto die Straße entlang und milchige Sonnenstrahlen fanden ihren Weg durch die offene Tür über die ersten sechs Bretter des gescheuerten

Fußbodens. Unverhofft war aus der Küche das Klappern von Töpfen zu hören. Der Franzose sah auf.

»Haben Sie eine Küchenhilfe?« fragte er.

»Nein«, sagte der Wirt.

»Irgend jemand hantiert mit dem Geschirr«, sagte der ältere Gast.

»Ja«, nickte Costa freundlich, »das wird Glenda sein.«

»Wer?« fragte der Franzose, und sein Sohn starrte den Wirt mit gerunzelter Stirn an.

Eine junge Frau kam durch die Klapptür und blieb überrascht stehen.

»Du hast noch Gäste«, sagte sie.

»Nicht mehr lange«, sagte Costa, »wir sind schon beim Kaffee.«

Der Franzose erhob sich. »Madame, ich finde es in der Tat ganz außergewöhnlich, Ihre Bekanntschaft machen zu dürfen«, sagte er.

Costas dunkle Augen wurden rund.

»Ich heiße Brunet und der Tunichtgut hier an meiner Seite ist mein Sohn Bertrand«, sagte der Mann nach kurzer Pause voller Peinlichkeit. »Sein Mund steht nicht immer offen, wenn er eine schöne junge Dame sieht.«

»Es war nicht schlimm, daß du nicht gekommen bist«, sagte Costa, »ich hatte nur zwölf Essen heute mittag.«

»Man hat mich aufgehalten«, sagte die Frau.

»Du wirst beim Arzt gewesen sein«, nickte ihr Mann.

»Falsch geraten.« Ihr Lachen war ein wenig schrill. »Eine Frau hat ein Anrecht auf dumme, kleine Geheimnisse.« Sie strich dem Wirt durchs Haar. »Costa macht sich Sorgen um nichts und alles«, sagte sie. »Wenn ich mal nicht in seiner *Akropolis* erscheine, glaubt er mich tot unter einem Autobus.« Sie sah zur Küche hin. »Da drin sieht's aus wie nach einer Schlacht. Wieviel Essen, sagst du? Zwölf?«

Die Augen der Frau trugen Unruhe unter die Männer. Brunet fand, daß ihre Lippen trocken waren, rissig. Sie hatte lange Beine von der schlanken Sorte. Ihr Körper schien Busen nicht zu kennen.

›Der Traum von schweren Brüsten wird auf kargem Untergrund geträumt‹, dachte der Franzose.

»Sie alle drei sehen mich an wie Schulbuben«, sagte Costas Frau, »von der Lehrerin beim Rauchen ertappt.«

Der junge Brunet lachte laut auf und verschluckte sich. Sein Vater schlug ihm mit flacher Hand auf den Rücken. »Eine Allergie«, sagte er erklärend, »sobald das Wort ›Lehrerin‹ fällt, verschluckt er sich.«

»Ich will nicht weiter stören«, sagte Glenda. »Es kommt nicht oft vor, daß sich Costa an den Tisch von Gästen setzt. Er hat so wenig Freunde.« Der Grieche besah sich seine Hände. Er hatte das Mitleid in der Stimme seiner Frau gehört.

»Madame«, sagte der Franzose, »mit Ihrer gütigen Erlaubnis würde ich gern eine Geschichte beenden, bevor wir gehen müssen.«

»Aber gern«, sagte Glenda eilig. »Ich liebe Geschichten, wenn sie gut sind.« Sie brauchte nicht lange zu überlegen, wo sie sitzen sollte. Sie zog einen Stuhl neben den des jungen Brunet. Costa rückte ein Stück beiseite.

»Meine Geschichte ist nicht erheiternd«, warnte der Franzose. »Sie handelt von meiner Frau, die mich verließ ...«

Costa sah den Fremden an. Die Frage, die er hatte, lag in seinen Augen. Sie fand den Weg nicht über seine dünnen Lippen.

»Was sagst du da?« rief Brunet junior, »Mutter hätte dich verlassen? Wann soll das denn geschehen sein?«

Sein Vater sah zur Zimmerdecke auf und seufzte.

»Und mir wurde weiß gemacht, sie seien seit zweiundzwanzig Jahren glücklich wie die Turteltauben«, sagte der junge Mann zu Costas Frau.

»Bitte stören Sie Ihren Vater jetzt nicht«, sagte Costa. »Geschichtenerzähler sind das Salz auf dem Brot unsrer dürftigen Tage. Wenn Sie das Salz wegpusten von unserem Brot, schmeckt es nicht mehr.«

Glenda legte ihre Hand beruhigend auf die des empörten jungen Mannes.

»Sie ging nicht von einem Tag zum anderen von mir, die Frau«, sagte Brunet, »Menschen, die zerstören wollen, lassen sich viel Zeit dazu. Sie zerschneiden Seelen scheibchenweise.«

Costa nickte. »Das sind gute Worte.«

»Es sind nicht meine eigenen«, sagte der Franzose, »ich habe sie mir nur ausgeliehen.«

»Ich weiß«, sagte Costa. »Worte sind dazu gemacht, von Mund zu Mund zu gehen.«

Nach einer Pause sagte Brunet: »Sie dürfen mir Glauben schenken, Madame, ich bete Frauen an, verehre ihre Zerbrechlichkeit, nehme ihre Hingabe mit Dankbarkeit entgegen.«

»Aber?« sagte Costas Frau.

»Aber es ist eine bekannte Tatsache, daß sie auch grausam sein können, diese Wesen, verletzt seit Hunderten von Jahren, grausam in ihrer Rache für die Unterdrückung, die schon in biblischen Tagen begann«, sagte Brunet.

Niemand widersprach. Glenda trank vom Cognac ihres Mannes.

»Die Frau in meiner Geschichte forderte ihre Freiheit. Ein schmerzlicher Gedanke für den Mann. Sie sprach von Freiheit und meinte das Ende unserer Liebe. Übrigens, einer Liebe, die nur von einem von uns beiden empfunden wurde.«

»Von Ihnen.« Glenda zeigte beim Lächeln viele Zähne.

»Nicht jede Frau ist schön zu nennen«, sagte Brunet. »Manche haben kleine Fehler. Kurze Beine. Oder einen Riß in ihrer Seele. Der Mann, der liebt, sieht diese Fehler nicht.« Er sah aus dem Fenster. Er dachte nicht nach. Er wartete.

»Weiter«, forderte Costa.

Der junge Brunet hatte sich längst beruhigt, aber Glendas Hand lag immer noch auf der Hand des Jungen.

»Das Schlimmste war das Warten«, sagte der Vater. »Ich malte mir aus, wie einsam mein Leben sein würde, an dem Tag, an dem sie unwiederbringlich die Tür hinter sich zugeschlagen haben würde.« Er fuhr sich nachdenklich mit der Hand über die Stirn. »Bei der Gelegenheit fällt mir auf, daß wir das Wort *Vorfreude* kennen, aber keinen Ausdruck für die Erwartung des Unerwünschten haben.«

»*Vorleiden*«, sagte Costa und hörte dem Klang der drei Silben nach.

Der Franzose nickte. »Ich genoß das *Vorleiden auf den Schmerz*. Ich mied meine Freunde. Aber ich sprach zu Fremden. Ich erzählte ihnen, meine Frau hätte mich verlassen.«

Glenda lachte ein paar spitze Töne. »Es hat sich nichts geändert, merken Sie das nicht?«

Costa sah seine Frau erschreckt an. »Was meinst du?«

»Sie sprechen immer noch zu Fremden über Ihre intimsten Probleme«, sagte Glenda zu Brunet. »Sie kommen in die *Akropolis*, kennen niemanden hier und sagen, Ihre Frau hätte Sie verlassen.«

»Sehr richtig«, sagte der junge Brunet.

»Erzählen Sie weiter«, forderte Costa.

»Der Tag kam. Die Tür fiel ins Schloß, aber: der Schmerz wurde keineswegs größer. Er war allenfalls begreiflicher. Ich ertränkte mich in ihm. Das Mitleid, das ich mit mir selber hatte, gefiel mir sehr.«

Die Frau des Griechen lachte laut.

»Bitte, sei still«, sagte Costa. Glenda streichelte die Hand des jungen Mannes, der verlegen auf das Tischtuch starrte.

»Die Geschichte ist nicht unterhaltsam – ich weiß, Madame«, sagte Brunet. »Aber sie hat den Vorzug, eine Moral zu besitzen.«

Er sah Costa an. »Sie wissen, was ich meine?«

»Nein«, sagte Costa.

»Schmerzen währen nicht ewig«, sagte der Franzose. »Nach einiger Zeit werden sie langweilig. Man wirft sie fort.«

»Weiter«, sagte Costa.

»Die Frau hatte eines nicht bedacht, als sie ihren ungeliebten Mann verließ.«

Brunet sah, daß Glenda ihre Hand von seinem Jungen nahm. »Sie hatte einen Geber verlassen«, sagte er dann.

»Wie meinst du das?« fragte sein Sohn.

»Mit ihrem Mann verglichen waren die neuen Freunde, die sie so eilig zusammensuchte, Nehmer. Seelische Staubsauger, dieser Frau nicht unähnlich. Sie nahmen vom Anderen, was sie kriegen konnten, und waren nicht bereit, auch einmal zu geben.«

»Sie haben eine hochinteressante Art, sich auszudrücken«, sagte Costa.

»Ich höre lieber Geschichten mit happy end«, sagte Glenda.

»Sie können mir die Rechnung geben«, sagte Brunet. »Die Geschichte hat ein happy end.« Er nahm ein Bündel Banknoten aus der Innentasche seines Sakkos. »Die Frau, die von mir gegangen war, hatte sich fraglos etwas genommen: ihre Freiheit. Aber sie hat auch, ohne es zu wollen, mir etwas gegeben.«

»Was?« fragte Costa.

»Ich brauchte lange, es zu entdecken«, sagte der Franzose.

»Was hat sie Ihnen gegeben?« wiederholte Costa.

»*Meine* Freiheit.«

Der Sohn sah auf die Armbanduhr. »Es wird Zeit.«

»Was bin ich Ihnen schuldig?« fragte Brunet.

»Nichts«, sagte Costa, »schauen Sie bald einmal wieder hier rein.«

»Sehen Sie«, sagte die Frau, »wir nehmen nichts von Männern, die uns Geschichten geben . . .«

»Wenn Sie das nächstemal kommen, erzähle ich Ihnen auch eine Geschichte«, sagte Costa. »Sie handelt von meiner Lehrerin und dem Tag, an dem sie ertrank.«

Brunet schlug seinem Sohn auf den Rücken.

»Laß sein«, sagte der junge Mann, »ich verschlucke mich nicht bei jeder Lehrerin.«

Der Franzose verbeugte sich leicht vor der Frau des Griechen, und sein Sohn gab ihr die Hand.

»Ich begleite Sie ein Stück«, sagte Costa, »vielleicht gehe ich noch auf ein Weilchen in den Park.«

Eine Zeitlang liefen die drei Männer schweigend nebeneinander her.

»Glaubst du, daß Costas Frau dir deine Lügen abgekauft hat?« fragte der junge Mann.

»Nein«, sagte Costa eilig, »aber das macht nichts.«

»Es waren nur halbe Lügen«, sagte Brunet.

Der Sohn blieb verwundert stehen. »Du meinst – Mutter hätte dich verlassen?«

»Für kurze Zeit. Es ist schon lange her«, lächelte der Franzose.

»Und?« fragte der Sohn.

»Sie ist zurückgekommen«, sagte der Vater. »Freiheit tut manchmal beiden weh.«

»Ich würde gern Verbindung mit Ihnen halten«, sagte Costa, »wohnen Sie in London?«

Brunet schüttelte den Kopf. »In Paris«, sagte er. »Unser Flugzeug geht in zwei Stunden.«

»Ich laufe zur Ecke und halte ein Taxi an«, sagte der Junge und ließ die beiden Männer allein.

»Im Grunde ist Glenda eine gute Frau«, sagte Costa.

»Sie werden Ihre Gründe haben, das zu sagen«, meinte Brunet und zählte die Schritte bis zur *Bayswater Road.* »Die Lehrerin, Ihre *Maitresse d'amour,* ist nicht tatsächlich ertrunken, oder?«

»So wahr mir Gott helfe und der armen Seele nicht geholfen hat«, beteuerte Costa.

»Wie ist das gekommen?« fragte Brunet.

»Ein Berufsunfall«, sagte Costa. »Lehrerinnen sind für alle da. Sie wissen, was ich meine.«

»Nein«, gab Brunet zu.

»In kleinen Dörfern, unweit Saloniki, sind die Mädchen wohlbehütet. Knaben haben es nicht leicht.«

»Verstehe«, sagte Brunet. »Es bleibt den Lehrerinnen überlassen, die Knaben durch das Erdbeben zu führen, das sie zu Männern macht.«

»Den Lehrerinnen und manchmal auch den Witwen«, sagte Costa. »Frauen toter Männer schlafen schlecht in heißen Nächten.« Er nickte seinen eigenen Gedanken Anerkennung zu. »Die Lehrerin hat keinen schönen Tod gehabt.«

»Wie das?« fragte der Franzose. Sein Sohn winkte von der Straßenecke. Er hatte ein Taxi gefunden.

»Die Lehrerin war weit hinausgeschwommen zu einer Sandbank. Die beiden Knaben, die sie erwählt hatte, waren gute Schwimmer.«

»*Zwei* Knaben?« fragte Brunet.

Costa nickte. »Für die Lektion, die sie erteilte, brauchte sie dringend alle beide. – ›Du hältst mich fest, und der andere Schüler nimmt mich mit Gewalt!‹ soll sie befohlen haben, bevor sie starb.«

Der Franzose blieb stehen. Costa sah zum hellen Himmel hoch.

»Weiter«, forderte Brunet.

»›Frauen wollen mit Gewalt genommen werden‹, rief die Lehrerin und ihre Schüler fürchteten sich sehr vor ihr. Doch was sollten sie tun, Monsieur Brunet«, meinte Costa atemlos, »ich frage sie, was sollten die Knaben tun?«

»Der Lehrerin gehorchen«, sagte der Franzose.

»Sie hatte sich in den Gezeiten verrechnet«, sagte Costa mit Bedauern.

»Wie das?« fragte Brunet.

»Ebbe und Flut. Das Wasser auf der Sandbank war weit höher, als die Lehrerin angenommen hatte.«

»Und?«

»Die Schüler knobelten um das Recht der ersten Vergewaltigung. Dann ließ die Lehrerin sich auf den Rücken fallen. Der Verlierer stürzte sich auf sie und preßte ihre Arme auf den Meeresboden. Sie wissen, was ich meine?«

»Schrecklich«, sagte Brunet, »aber schließlich hatte die Lehrerin es so gewollt ...«

»Richtig«, sagte Costa, »doch dann schlug das Wasser über dem massigen Körper der Lehrerin zusammen und sie soll ›Aufhören! Aufhören!‹ geschrien haben, aber die Knaben dachten, die gegurgelten Worte gehörten zur Vergewaltigung, und der Kopf der Lehrerin blieb unter Wasser und sie warf sich hin und her, und der eine Schüler rief: ›das Wasser ist viel zu kalt, ich kann die Lehrerin nicht mit Gewalt nehmen!‹.«

Costa beobachtete Brunet von unten herauf. »Sie lachen nicht.«

»Nein«, sagte Brunet. »Erzählen Sie weiter.«

»Sie haben recht, es ist keine lustige Geschichte«, meinte Costa. »Leben Sie wohl.«

Brunet setzte sich zu seinem Sohn in das Taxi. Costa hielt sich an der offenen Tür fest. Er mochte sich nicht trennen.

»Der zweite Knabe hat es auch nicht schaffen können«, sagte er. »Eine riesige Welle hat ihn daran gehindert. Sie hat alle drei an den Strand zurückgeworfen. Die Knaben haben überlebt. Sie haben die Lehrerin abwechselnd beatmet. Von Mund zu Mund, verstehen Sie?«

Brunet nickte. »Und?«

Costa hob die Schultern in Bedauern. »Es hat nichts mehr genützt.«

»Ich kann hier nicht länger stehen bleiben«, sagte der Taxifahrer.

Costa warf die Autotür zu. Beim Anfahren drehte sich Brunet ein letztesmal zurück und winkte.

»Mann, bin ich froh, daß wir aus der Kneipe endlich raus sind«, sagte der Junge. Sein Vater klappte den Notsitz von der Trennwand und streckte seine Beine aus. Er lächelte.

»Haben dir Costas Geschichten etwa gefallen?« fragte der Sohn.

»Die Geschichten schon«, sagte der Vater. »Doch Costas Kochkunst läßt zu wünschen übrig.«

Ein Frühlingstag wie kaum ein anderer

Der Kampf dauerte drei Tage. Am vierten Morgen war es still. Die Bauern hoben ängstlich die Luken ihrer Kartoffelkeller und sahen, daß Wexdorf heilgeblieben war. Weit hinten, am Ende des Sandweges zur Donau brannte eine Scheune.

Das Mädchen rannte durch ihr Dorf und wußte nicht, warum es so schnell lief und wohin es wollte. Es rannte einfach nur. Sonst nichts. Drei Tage Angst. Eingesperrt sein in den Keller. Stille in den Nächten. Nur die Kühe auf den Weiden hatten gebrüllt. Niemand hatte Mut zum Melken gehabt.

Der alte Mann vom Postamt hielt das Mädchen auf. »Hilf mir mit dem Laken. Die Amerikaner sollen sehen, daß wir uns ergeben.«

Die beiden stiegen die Stufen zum Kirchturm hoch und hängten das Bettlaken unter die Glocke.

»Sieh nur das Rapsfeld an«, sagte der Alte. »Dein Vater wird sich die Haare raufen.«

»Nein, er hat damit gerechnet.«

Der Alte sah sie aus zusammengekniffenen Augen fragend an.

»Die ganze Zeit da unten in dem Keller hat er davon gesprochen, wie wichtig sein Rapsfeld für unsere Truppen ist«, sagte sie. »Es liegt hoch über der Donau und kontrolliert die Brücke.«

»Vor ein paar Tagen war das Feld noch gelb«, sagte der Postbote. Jetzt ist es aufgewühlt, zerfetzt, zerrissen. Häßlich wie Furunkel. Sieh nur die Toten.«

Auf dem Rapsfeld ihres Vaters lagen viele dunkle Punkte.

Panzer lärmten über die Brücke. Lastwagen brachten unzählige Soldaten. Sie liefen durch das Dorf und stießen Türen auf und riefen aufgeregte Worte in einer Sprache, die das Mädchen nicht verstehen konnte. Ein paar Stunden später zogen Regenwolken auf und der Alte sagte: »Ich geh' mal nachsehen, bevor es zu pladdern anfängt.«

»Ich komme mit«, sagte das Mädchen.

»Auf keinen Fall.« Der Alte schüttelte den Kopf. »Soldaten sind zu allem fähig. Besonders, wenn sie gewonnen haben.«

Er stieg die steile Holztreppe nach unten und schlenderte über den Kirchplatz. Wenn er die Fremden in ihren Jeeps sah, nahm er ehrfürchtig die Mütze ab, und die Soldaten lachten über den Postboten, und sie gaben sich keine Mühe, seinen Gruß zu erwidern. Das Mädchen kauerte in der dunkelsten Ecke des Turmes und sah zu der Glocke hoch. Erst letzten Sonntag hatte sie sich an das lange Seil gehängt, und die Jungens aus dem Dorf hatten ihre Hände unter ihrem Kleid hoch und runter rutschen lassen, und wenn die schwere Glocke das Mädchen weit oben behalten wollte, hatten sie sich zu dritt an das Seil gehängt und sie zu sich herunter geholt und bei allen Heiligen geschworen, der Priester würde nichts erfahren.

Fahrzeuge mit Eisenketten drückten tiefe Spuren in den Teerbelag der Hauptstraße. Die Fremden in den runden braunen Helmen drängten den Bürgermeister aus seinem Haus. Er streckte seine Hände steil in die Luft. Seine Frau rannte hinter dem Jeep her. »Er hat doch nichts getan!« Der Bürgermeister sah sich nicht um. Die Frau ließ sich auf den Boden fallen und schlug mit flachen Händen auf das Kopfsteinpflaster. Als niemand ihr zuhilfe kam, stand sie auf und ging nach Haus.

Das Mädchen fror. Es wollte nach unten gehen und sich eine Altardecke holen oder das Gewand des Priesters aus der Sakristei, aber dann hörte sie, daß die Kirchentür aufgestoßen wurde und daß Männerstimmen lachten, und dann spielte einer auf der Orgel. Die Männer sangen das Lied, das die Orgel spielte. Das Mädchen begann, sich zu fürchten. Die Männer hatten ihre Angst verloren. Mitten in ihr Singen donnerten die Befehle. Dann wurde es wieder still und das Mädchen rollte sich zusammen und schlief ein wenig. Als sie aufwachte, sah sie die Lastwagen auf dem Rapsfeld ihres Vaters. Kleine Punkte wurden aus Löchern gehoben und auf Lastwagen geworfen. Die Männer in den braunen Uniformen gingen vorsichtig mit langsamen Bewegungen vom Fluß zum Waldrand. Einer der grauen Punkte sprang auf und wollte davonlaufen. Er kam nicht weit in dem hellen Gelb des Feldes. Die anderen hoben ihre Waffen. Es klang fast wie das helle Meckern einer Ziege. Dann fiel der eine Punkt, der Graue, zur Erde hin. Die Stimmen der Jagenden lachten über den zerrissenen gelben Acker hinweg. Ihr Lachen sprang am Waldrand hoch und kam zurück zum Kirchturm.

Die Lastwagen fuhren davon und der Postbote stand allein am Rand des Ackers.

Eine Bauersfrau trat ängstlich unter den langgestreckten Balkon ihres Hauses. Die Eichenbalken waren sorgfältig geschnitzt. Über der Eingangstür stand die Jahreszahl in Gold gemalt. Anno Domini 1861.

»Es ist vorbei«, sagte sie, »du kannst herauskommen. Die Truppen sind weitergezogen. Auch von den Unsrigen ist keiner mehr im Dorf zu sehen.«

Ihr Mann trat in die Tür und stemmte beide Hände an den Rahmen.

»Wir sollten dem Priester sagen, daß er die Glocke läutet«, meinte er.

»Warum?« fragte die Bäuerin.

»Weil es Frieden ist.«

»Nein«, sagte seine Frau. »Erst mal abwarten.«

Der Postbote kam langsam über das Kopfsteinpflaster des Kirchplatzes und hielt einen Gegenstand über seinen Kopf, der wie ein kurzes Stück Ofenrohr aussah. »Komm herunter«, rief er dem Mädchen zu. »Noch einmal die Stiegen hoch und die Amerikaner können mich auch begraben.«

Im Glockenturm hingen viele Spinnweben. Aber es waren keine ausgedörrten Fliegen in den Netzen. Selbst die Spinnen ließen sich nicht sehen. ›Es ist noch viel zu früh im Jahr für Fliegen‹, dachte das Mädchen. Dann lief es eilig die steilen Stufen des Turms nach unten.

Der alte Postmann wischte sich mit dem Handrükken über die Augen. »Die Toten auf dem Feld sind

Kinder«, sagte er, »fünfzehn oder sechzehn. So alt wie du. Es schreit zum Himmel.«

Er öffnete den Deckel des kurzen, runden Behälters. »Dies hier lag unter einem Busch am Weg zum Dorf zurück.«

»Was ist das?« fragte das Mädchen.

»Eine Gasmaskenbüchse«, sagte der Alte. »Die Gasmaske ist nicht mehr darin. Nur ein paar Kekse, zwei Bleistifte und dieses Schreibheft hier.«

Es war ein dunkelblaues Heft mit karierten Seiten, abgegriffen und zusammengerollt.

»Er hat die Gasmaske fortgeworfen«, sagte der Postbote. »Die Büchse war sein Versteck für dieses Heft. Einmal, im ersten Weltkrieg, habe ich einen Kameraden gehabt, der versteckte ganze Pfunde von Kaffeebohnen in seiner Tasche für Gasmasken.«

Das Mädchen glättete das Schreibheft und öffnete die erste Seite.

»Der Soldat hat eine schöne Schrift«, sagte sie.

»Hat er seinen Namen auf das Heft geschrieben?« fragte der Alte.

»Nein«, sagte das Mädchen.

»Was steht denn drin?« fragte der Postmann.

»Ich glaube, es geht um eine Eisenbahn«, sagte das Mädchen. Sie setzte sich auf die drei Stufen vor dem Portal.

»Ich habe meine Brille nicht dabei«, sagte der Postbote. »Lies vor.«

Das Mädchen fuhr sich mit der Zunge über ihre spröden Lippen. Dann holte sie tief Luft und las mit leiser Stimme vor:

Der eine Schienenstrang zwängt sich in gerader Linie zwischen häßlicharmen Vorstadthäusern hindurch. Die Linien aus Stahl glänzen obendrauf wie Silber. Sie sind von vielen Rädern blankgefahren. Zwei perfekte Parallelen. Solche Silberparallelen wollten mir in der Schule nie gelingen. Allerdings, wenn ich Millimeterpapier verfügbar hatte, dann schon. »Zwei gleichlaufende Linien sind nur dann Parallelen zu nennen, wenn sie auf der gesamten Strecke den gleichen Abstand zueinander aufweisen.« Diese hier, Herr Lehrer, sehen nur anfangs wie Parallelen aus. Irgendwo weiter hinten werden sie zerfetzt sein, zerbogen, grotesk zum Himmel zeigend. Und doch scheinen sie die Strecke zu bilden, die mich gleichlaufend, noch heute Nacht, von hier fortbewegen wird.

Der andere Schienenstrang biegt unversehrt nach Süden ab. Er ist rostig. Gras wächst zwischen den Gleisen. Hier ist schon lange kein Zug mehr gefahren. Ohne Frage steht gleich hinter der Biegung ein Prellbock, der alles aufhält, was da etwa fliehen will.

Ich liege auf der steilen Böschung eines Bahngeländes. Papier und Konservendosen wachsen aus dem braunen Dörrgras an Stellen, die eigentlich für Blumen reserviert sind, und die hier sehr bald sprießen werden. Wenn nichts dazwischen kommt.

Eine verschleierte Sonne tastet meinen Rücken ab und macht angenehm warm. Nur meine Hand, die diesen Bleistift hält, ist kalt.

Die Offiziere haben uns befohlen, Briefe nach Haus zu schreiben. Der letzte Zug, der Post mitnimmt, geht morgen früh. Wie kann man auf Befehl hin Briefe schreiben? Und selbst, wenn es gelingen würde, man darf ja gar nicht schreiben, was man denkt. Selbst das haben sie verboten.

Wenn dieser Krieg vorüber ist, werde ich meinem Vater mal erzählen, wie wir hierher gekommen sind, zu diesem Bahnhof. Er wird sich an den Kopf fassen. Eine ganze Kompanie auf Rädern. Wie eine Spazierfahrt durch den Schwarzwald. Einmal hat sich einer von uns an einem Versorgungsfahrzeug festgehalten, weil es ziemlich steil bergauf ging. Irgendwann ist er gestürzt und die Hinterräder des Lastwagens sind über ihn hinweggerollt. Er hat geschrien. Und dann kam die Sache mit dem Apfelmost. Im nächsten Dorf haben uns zwei Bauern angehalten: »Habt ihr nicht Durst?«

Und ob wir Durst hatten! Alle sind abgestiegen von den Rädern. Hunderteinundzwanzig Mann. Alle rein ins Gasthaus. Wir haben gedacht, es sei Apfelsaft, als die Flaschen kamen, und viel daraus getrunken. Die Bauern haben gelacht. Es war nämlich gar kein Apfelsaft. Es hat nur so geschmeckt. Die Schwarzwälder nennen es *Most,* und ich glaube, er ist kurz davor, Wein zu werden. Beim Weiterfahren waren meine Beine wie aus Gummi und in meinem Kopf schlugen zwei Fäuste an die Schläfen. Wir mochten die Räder nicht mehr fahren. Wir stiegen ab und haben geschoben und ganz laut gesungen. Die Offiziere brüllten verzweifelt, aber was sollten sie schon machen? Man stelle sich das nur mal vor: eine ganze Kompanie von Soldaten und stockbesoffen!

Jetzt bin ich eine Nummer. Ich kenne meine Nummer zwar noch nicht auswendig, aber ich habe sie auf einem kleinen Schild um meinen Hals hängen. Morgen, heißt es, sind wir an der Front.

Ich habe Angst vor morgen. Aber was noch schlimmer ist: es tut weh. Das ist nicht wie Heimweh. Bei Heimweh kann ich weinen. Nein. Meine Tränen laufen innen. Niemand wird sie sehen. Und keiner kann mich schluchzen hören.

Die anderen Jungs sind alle weg. Ich bin allein liegengeblieben hier am Bahndamm. Der Truppentransport geht erst bei Nacht. Am Tage hätte es keinen Sinn wegen der Jagdbomber. Wir werden nachts transportiert. Weil die Amerikaner nachts nicht fliegen.

Die Frauen und viele Mädchen der Stadt sind zu dieser Böschung hier gekommen und haben meine Kameraden mit sich in ihre Häuser genommen. Es war Mitleid. Ich weiß es ganz genau. Deshalb bin ich nicht mitgegangen. Und dann fiel ein Schatten auf mein Papier, und ich hörte eine Stimme sagen: »Willst du denn ganz allein am Bahndamm bleiben?«

Ich drehte mich um und blinzelte nach oben. Immer, wenn ich gegen so einen milchig-grell-grauen Himmel sehen muß, schießt mir das Wasser in die Augen und das ärgert mich.

Ich weiß, daß ich Vergangenheit und Gegenwart stets durcheinander bringe, und eines Tages werde ich die Fehler in diesem Tagebuch verbessern, aber die Frau hat alles verändert. Sie hat es nicht verhindert, daß ich in den Viehwaggon gestiegen bin zu den anderen Jungs, und dann sind wir die Nacht hindurch gefahren, und jetzt liege ich an einem Waldrand über einer gelben Wiese. Der Hauptfeldwebel sagt, der Fluß da vorne unter dem Rapsfeld sei die Donau. Das Dorf im Westen heißt Wexdorf und die Amerikaner werden nicht lange auf sich warten lassen.

Die Frau von gestern trug weite Hosen und einen grauen, dickgestrickten Pullover mit Rollkragen. Zopfmuster heißt die Strickart. Ich hatte auch mal so einen. In der Kaserne haben sie ihn mir abgenommen.

Ich weiß nicht, wie ich schreiben soll, daß die Dame schön ist. Große Augen, glaube ich. Ein ungeschminkter Mund und ziemlich dunkle Haare.

Ich stehe auf und die Dame sagt: »Du siehst sehr traurig aus.« Sie hat schon Falten auf der Stirn. Es sind sehr schöne Falten. Sie sieht auf mein Oktavheft und sagt: »Was tust du hier ganz allein? Zeichnen?«

»Nein«, sage ich. »Schreiben.«

»Du könntest morgen weiterschreiben«, sagt sie. »Oder an dem Tag danach.«

»Ja«, sage ich und denke, ›auch nächstes Jahr oder gar nicht‹. Gestern abend war nur eines wichtig: die Dame sollte nicht ohne mich vom Bahndamm gehen.

Sie trug Schuhe mit Holzsohlen und hatte es schwer, die Böschung hinaufzukommen. Mit beiden Händen zog ich sie hinter mir her. Dann gab es einen Kiesweg. Die Dame ist größer als ich. In ein paar Jahren wird das anders sein. Soweit ich weiß, wächst man noch bis einundzwanzig.

In den Gassen der kleinen Stadt begegnen wir nur wenigen Passanten. Sie sagen »Grüß Gott« und lächeln nicht. Von meinen Kameraden ist leider niemand in den Straßen. Hoffentlich sieht wenigstens einer von ihnen mal aus dem Fenster und erzählt dann weiter, wen *ich* begleiten durfte ...

Meine Dame bewohnt zwei Zimmer im ersten Stock eines häßlichen grauen Hauses. In der Flurgarderobe hänge ich alles auf, was ein Soldat besitzt: Koppelzeug mit Brotbeutel, Gasmaske und Bajonett, den langen Wintermantel, die Schirmmütze und den Stahlhelm. Der Karabiner 08 kommt in die Ecke.

Die Dame stößt eine Tür auf, die sicher einmal weiß war, jetzt aber sehr viel Farbe braucht. Wie überall in Deutschland.

»Mach's dir im Wohnzimmer bequem«, sagt sie. »Ich muß mich ein wenig herrichten.«

Das kleine Zimmer wird von einem Kanonenofen mühsam warm gehalten. Die Möbel passen nicht zusammen. Sie wirken wie bei andren Leuten abgeholt, nachdem Bomben und Brände alles vernichtet haben, was es in der Großstadt einmal gab. Die Dame sieht nicht aus, als stamme sie vom Lande.

Die Wände hängen voller Bilder. Nicht Kunstbilder, sondern Fotos. Auf allen ist derselbe Mann zu sehen. Einmal steht er in der Badehose vor einem Strandkorb. Dann ist er Soldat. Manchmal Offizier. Mal sitzt er auf einer Kanone und lacht, mal hat er Blumen in der Hand und winkt. »Einmarsch in Paris«, steht darunter. Ein Foto ist bei einem Fotografen gemacht worden, das kann man deutlich sehen. Der Mann ist Major mit vielen Orden. Er sieht ernst in die Kamera. Seine Augen sagen mir nichts, weil sie sehr schwarz sind. Auch die Haare sind schwarz, mit einem schnurgeraden Scheitel, der wie eine weiße Narbe durch all das Schwarze geht.

In dem Zimmer wird es mir zu eng. Ich laufe auf den schmalen Korridor hinaus und finde die Dame in der Küche beim Kartoffelschälen. Sie erlaubt mir, ihr zu helfen. Ihre Hände sind so schön wie ihr Gesicht. Allerdings ein wenig rot an den Knöcheln.

Wir essen in der Küche. Spiegeleier und Bratkartoffeln. Mein Hunger ist groß und wir reden nicht viel. Nach dem Essen fragt sie mich: »Wie alt bist du?«

»Fünfzehn«, sage ich, »im Sommer werde ich sechzehn.«

»Laß uns auf den nächsten Sommer trinken«, sagt die Dame. Sie nimmt eine Flasche Zwetschgenwasser aus dem Küchenschrank. Ich hatte bisher nur einmal Schnaps getrunken. Auf der Hochzeit meiner Schwester. Aber das sage ich der Dame nicht, sondern nehme das Glas und schütte die klare Flüssigkeit mit einem Ruck nach hinten. Es wird warm im Magen. Heiß. Herrlich.

Sie setzt sich wieder auf den Küchenstuhl. »Du machst ein Gesicht, als hättest du Gift getrunken.«

»Schmeckt auch so«, sage ich. »Der Mann auf den Fotos in der Stube – ist das Ihr Mann?«

»Ja«, sagt die Dame leise.

»Trinkt er Schnaps, ohne sich zu schütteln?«

»Ja«, sagt sie. »Er trinkt neuerdings sehr viel. Dabei kann er so gut wie nichts vertragen. Vielleicht sollte ich dir von ihm erzählen.«

Ich wollte gar nichts von ihm hören, aber ich sage: »Wenn Sie wollen.«

Sie nickt. Sie erzählt. Niemals nennt sie seinen Namen. Wenn sie sagt, »er hat das getan«, oder »jenes wurde von ihm verlangt«, würde ich gern fortlaufen. Sie merkt es nicht.

Das muß ein wunderbarer Mann sein, ihr Mann. Anfangs ging es nicht recht vorwärts, doch dann trat er in die Partei ein. Von da an ging's bergauf. Im Grunde ist er Mathematiker, Militärmathematiker,

Taktiker, Denker, Schachspieler mit Soldaten. Ein Mann, der weiß, was er verteidigt. Oder, was er zunächst mal angegriffen hat. Er weiß auch, warum. Nur sie, seine Frau, weiß das nicht immer. Wenn sie aus den Fenstern seiner Kaserne schaute, sah sie die rauhreifbedeckten Bäume rings um den Exerzierplatz. *Er* sah nur Soldaten. Trotzdem. Er ist ein wunderbarer Mann. Wirklich. Sie hat Kunstgeschichte studiert und Literatur. Nur bis zur Hochzeit. Danach gab es die gesellschaftlichen Verpflichtungen. Auch jene Zeit war schön. Bälle mit den jungen Fähnrichen des Mannes. Unbeschwerte Sommertage, als sie noch nicht wissen konnte, wohin dies Leben einmal führen würde. Sie war verwirrt, als ihr Mann erklärte, der Krieg sei gut und nicht nur unvermeidbar. Anfangs gab es Siege. Später Bomben. Was einmal schön gewesen war, wurde still. Einsam. Grau. So war das gewesen. Ja. Und jetzt . . .

Sie hat alles zu sich selbst gesprochen und ist dabei ganz klein geworden in ihrem Küchenstuhl. Weint sie jetzt? Nein, sie weint nicht.

Ich bin müde. Die Angst kommt wieder. Mir ist übel. Vielleicht verreckt der Major jetzt irgendwo. Auch ich mag Bäume, die voller Rauhreif sind. Besonders, wenn eine flache, gelbe Sonne sie beleuchtet. Ob ich ihr das sagen soll? Nicht nötig. Sie merkt ja gar nicht mehr, daß ich in ihrer Nähe bin. Gott, ist mir übel!

»Verzeihen Sie«, sage ich in die schweigende Küche hinein, »aber es wird Zeit für mich.«

Ich gehe über den engen Korridor und sammle alle Dinge ein, die ein Soldat herumzuschleppen hat. Die

Hände der Dame legen sich auf meine Schultern. Sie dreht mich zu sich herum. Ihre Augen sind ganz nahe vor mir, kommen immer näher, verschwimmen. Ein Hauch legt sich auf meinen Mund. Ihr Mund. Über meine Lippen, die noch aufgesprungen sind von der letzten kalten Nachtwache, wandern spielend die anderen Lippen. Weich und zärtlich. Die Lippen fragen, verhalten, fordern, drängen, öffnen.

Und geben.

Es ist wie sterben.

Und dann ist es vorüber, so unverhofft, wie es begann. Ich stehe mit dem schweren Militärzeug in meinen Händen und mag die Augen nicht öffnen, und mein Herz schlägt harte, schnelle Schläge durch meinen Körper.

Mehr von dem Glück! Bitte! Mehr!

Nichts. Das Schweigen sagt, auch Glück kann sterben.

Große Augen lächeln traurig. Eine Hand streicht langsam durch mein Haar.

Der Lederriemen mit Gasmaske, Brotbeutel, Bajonett wiegt Zentner. Der Haken, an den ich alles hängen will, ist hoch. Ich muß mich recken.

»Was tust du?« fragt die Dame leise.

»Ich werde hierbleiben«, sage ich. »Ich kann nicht mehr zum Bahnhof gehen.«

Rauhreif auf allen Bäumen. Selbst im Sommer werde ich ihr die Bäume silbrig malen.

»Mein Gott«, sagt die Dame. Ihre Hände mit den roten Knöcheln bedecken ihren entsetzten Mund. »O du mein Gott.«

Ich warte, daß sie weiterspricht. Sie braucht viel

Zeit für Worte, die mir sagen, was aus mir denn werden soll.

»Ich darf dich nicht bei mir behalten.«

»Warum nicht?« frage ich.

»Am Bahnhof werden sie abzählen. Ein Soldat wird fehlen. Sie werden sehr schnell wissen, daß du es bist, der fehlt. Sie werden dich suchen. Und sie werden dich finden. Sie haben bisher noch jeden gefunden. Und dann? Weißt du, was dann mit uns beiden geschieht? Du kannst es dir nicht vorstellen.«

O doch, ich kann es mir vorstellen. Ich habe es sogar gesehen. Die Männer hingen von den Laternen. Sie trugen Schilder um den Hals. »Ich bin ein Deserteur«, oder »Dieses Schwein hat den Führer verraten«. Wer die Toten von den Stricken schneiden wollte, wurde selber aufgeknüpft. Was sie mit den Frauen machen, weiß ich nicht. Es heißt, sie würden kahl geschoren. Vor allen Leuten im Dorf.

Ich ziehe mir den Mantel an und schnalle das schwere Koppel um. Ich bin eine Nummer. Die Nummer steht auf der Blechplakette um meinen Hals. Ich werde zum Bahnhof gehen und beim Abzählen helfen. Und wenn der Viehwaggon schließlich anruckt, finde ich hoffentlich eine Ecke zum Schlafen.

»Ich bin müde«, sage ich. »Wahrscheinlich liegt das an dem Schnaps.«

»Bitte versuche nicht, ein Held zu sein«, höre ich ihre Stimme. »Männer sind nicht zu Helden geboren. Es wird ihnen nur eingeredet. Oder sie müssen sich selbst beweisen, wie großartig sie sind. Ich möchte gern, daß du lebst. Hörst du?«

»Ja«, sage ich, »ich verstehe das.«

In der Tür küßt sie mich noch einmal. Es ist nicht wie vorher. Aber es ist gut.

»Du bist noch so jung«, sagt sie. »Die Welt ist voller Mädchen. Versprich mir, daß du leben willst.«

»Ja«, sage ich und steige vor ihr die Treppe hinunter.

Auf der Straße schweigen wir. Von überall strömen Soldaten auf den Bahnhof zu.

»Wir haben uns nicht mal unsere Namen gesagt«, fällt mir plötzlich ein.

»Nein«, sagt sie. »Es war wohl keine Zeit dazu.«

Ich muß zwei Unteroffiziere grüßen. Sie beachten mich kaum. Die Stimme des einen hallt durch die Gasse. »Nach all der Ziererei – was meinst du? Das Luder konnte nicht genug kriegen. Ich bin fix und fertig.«

Es will schon dunkel werden, als wir zum Bahnhof kommen. Hunderte von Soldaten sind schon da und noch mehr Frauen und Mädchen.

»Versprochen?« fragt sie.

»Versprochen«, sage ich.

Wir werden getrennt.

Antreten.

Abzählen.

Namen aufrufen.

»Hier« schreien.

Verladen.

Es ist ein großer Viehwaggon. Ich erkämpfe mir einen Platz in der offenen Schiebetür vor dem Querbalken. Schulmädchen singen ein Lied in einem Dialekt, der mir fremd ist. Neben ihnen steht die Dame, die ich nicht verlassen wollte. Sie singt nicht mit. Ihr Mund ist verschlossen. Der Zug ruckt an. Ich muß mich festhalten. Wir rollen. Wo ist sie? Ach ja, da hinten. Unbewegt. Aufgerissene Mädchenmünder singen ihr Schwarzwälder Lied. Im letzten Licht des Tages wird das Gesicht der Dame grüngrauverwaschen. Zuerst entschwindet mir ihr Mund. Dann die Augen. Die dunklen Haare sind noch für kurze Zeit erkennbar. Wie der Rahmen um ein schönes Bild. Dann kann ich sie nicht mehr erkennen. Sie wird zu einer von den vielen auf dem Bahnsteig. Verschluckt von der Masse.

Ebenso wie ich.

Der Postbote hielt sich die Hand über die Augen und versuchte, das Rapsfeld zu erkennen.

»Ich würde dieses Heft sehr gern behalten«, sagte das Mädchen.

»Ja«, sagte der Postler, »behalt das Heft. Der Junge braucht es jetzt nicht mehr.«

»Du glaubst, daß er gefallen ist?« fragte das Mädchen.

»Wir werden es nie erfahren«, sagte der Alte, »aber ich nehme an, daß er noch lebt.«

Das Mädchen sah ihn fragend an.

»Die Gasmaske lag unter einem Busch am Wegesrand«, sagte der Alte. »Vermutlich hat sich der Soldat aus dem Staub gemacht. Er hat gesehen, wie seine Kameraden von Granaten zerrissen wurden. Helden sterben häßlich.«

Er sah das Mädchen an. »Fliehen ist feige«, sagte er, »aus dem Staube machen ist ein Zeichen großer Klugheit.«

»Wenn er lebt und der Krieg ist vorbei«, sagte das Mädchen, »ob er dann wohl zu der Dame im Schwarzwald geht?«

»Nein«, sagte der Postbote, »wohl kaum.«

»Warum nicht?« fragte das Mädchen.

»Was soll der Junge tun, wenn er sie wiedertrifft und ihr Mann ist auch schon aus dem Krieg zurück?« fragte der Alte. »Vielleicht sitzt der Mann zu Haus herum. Ein Krüppel.«

»Wie schrecklich«, sagte das Mädchen.

Der Alte schüttelte den Kopf. »Der Soldat geht sicher nicht zu ihr zurück. Er läßt sie in seiner Erinnerung weiterleben. Für immer. Und schön wie an dem einen kurzen Nachmittag.«

Das Mädchen stand auf und lief die paar Stufen hoch zu dem Portal.

»Wo willst du hin?«

»In die Kirche«, sagte das Mädchen. »Beten.«

»Worum willst du beten?« fragte der Alte.

»Daß der Soldat sich aus dem Staub gemacht hat«, sagte das Mädchen.

Galway

Hinter einer weiten Kurve starb die neue Straße. Wind war aufgekommen und schob schwere Wolken über die Hügel. Das ablaufende Wasser am Straßenrand glänzte silbern. Letzter Regen tröpfelte auf einen Wall aus Bauschutt und Steinen vom Fluß. Weit hinter den Hügeln stand ein blasser Regenbogen.

Der Mann mit dem jungen Gesicht und den steilen Falten hielt seinen Wagen an. Er wartete auf den Schwindelanfall, der zuverlässig mit den Schmerzen kam. Der rechte Arm des Mannes war wie tot. Taub. Unbrauchbar.

Ein Straßenschild am Schuttwall wies nach links: Umleitung. Dahinter stand ein Baum. Eine Kuh rieb sich an seiner alten Rinde. Beim ersten Hinsehen war der Baum wie alle anderen Bäume. Beim zweiten Blick fiel auf, daß er allein vor den Hügeln stand. Ein großer Baum. Seine runde Krone deckte sehr viel Himmel zu.

Der Mann fuhr weiter. Sein *Zodiac* war rechtsgesteuert. Das half dem Mann. Er konnte den rechten Arm baumeln lassen und mit der linken Hand schalten. Das Steuer hielt er derweil mit den Knien fest.

Die Umleitung war eng und gewunden. Sie führte nach Westen. Unverhofft sah er das Meer. Es hatte weiße Kronen. Den Strand konnte er nicht sehen. Er lag versteckt tief unten hinter einem Kliff.

Über den schlammigen Fahrweg kam ihm ein Sonnenschirm entgegen. Halb zerfetzt. Weiß und rot gestreift. Der Wind vom Meer machte ihn zu einem wütenden Ballon. Sie prallten aufeinander. Der Schirm stieg steil in die Luft. Dann stürzte er sich auf eine Dornenhecke. Die behielt ihn für sich.

Das einzige Haus zwischen Hügel, Wiese und Kliff hatte ein graues Dach über weißen Mauern. Der Kies davor war frisch geharkt. Zwischen Holzfässern rostete ein Eisentisch. Aus dem Stall roch es streng nach Pferden.

In der schmalen Haustür stand ein Mann und rauchte eine Zigarre. An der Wand neben ihm hing ein Holzschild: *Mew's Shanty Inn.*

Der Fremde stieg aus und lehnte sich an sein Auto. Der Wind vom Meer war kalt. Die kalte Luft tat gut.

»Ich glaube, ich habe mich verfahren«, sagte der Fremde.

»Nein«, sagte der Mann in der Haustür. »Die Umleitung führt hier vorbei. Schon seit zwei Jahren.«

»Tatsächlich?« sagte der Fremde. »Warum wird die neue Straße nicht weitergebaut? Ist der Regierung das Geld ausgegangen?«

»Möglich«, sagte der andere. »Vielleicht ist das Geld ausgegangen. Aber ich glaube, es liegt wohl eher an dem Baum.«

Der Fremde sah ihn fragend an.

»Am Ende der neuen Straße steht ein großer

Baum«, sagte der Ire. »Haben Sie ihn nicht gesehen?«

»Doch«, sagte der Fremde. »Man kann ihn gar nicht übersehen. Er ist sehr groß. Und der einzige Baum weit und breit.«

Der Ire sah den Fremden von der Seite an. »Er ist verwunschen.«

»Wie meinen Sie das?«

»Ein Fluch liegt über dem Baum«, sagte der Mann in der Haustür. »Als die Trasse gelegt wurde, stießen die Arbeiter auf den Baum. ›Sägt ihn ab‹, forderte der Ingenieur, ›der Baum ist der Straße im Wege.‹ Die Arbeiter schüttelten die Köpfe. ›Der Baum ist verwunschen‹, sagten sie. ›Wer ihn fällt, muß sterben.‹ Der Ingenieur lachte. Die Arbeiter gaben ihm eine Motorsäge. ›Fällen Sie den Baum‹, sagten sie. Der Ingenieur hat es nicht gewagt. Die Arbeiter wurden entlassen. Ein Trupp von Straßenbauern aus Dublin traf hier ein. An einem Abend kamen sie hierher in mein *Inn.* Sie fragten nach dem Baum. Ich erzählte ihnen von dem Fluch, der auf dem Baum liegt. Die Männer fuhren am nächsten Tag in ihre Stadt zurück. Ich glaube kaum, daß es einen Iren gibt, der es wagt, Hand an den Baum zu legen.«

Der Fremde dachte nach. »Warum baut man die Straße nicht an dem Baum vorbei?« fragte er.

Der Ire nickte. »Die einzige Lösung«, sagte er. »Ich bin gespannt, wie lange die Klugscheißer in den Büros von Dublin auf so eine simple Idee kommen.«

»Ich könnte einen Drink vertragen«, sagte der Fremde und ging ins Haus. Der Ire machte einen Schritt zur Seite. Dem Fremden fiel auf, wie klein der Mann war.

In der Gaststube war es still. Vor dem Fenster, das die Hügel rahmte, pokerten zwei junge Männer mit Würfeln. An ihren Gummistiefeln klebte Stallmist. Der kleine Ire stieg zwei Stufen hoch hinter den Schanktisch. Er hatte damit seine Welt betreten. Hinter der Theke stehend waren seine Augen auf einer Höhe mit den Augen des Fremden. Die Flaschen im Regal hatte er der Größe nach geordnet.

»Welches Gift ist Ihre Lieblingssorte?« fragte er.

Der Fremde lehnte sich an den Schanktisch. Die Schmerzen wurden unerträglich.

»Lassen Sie sich ruhig Zeit«, meinte der Wirt.

»Ja«, sagte der Fremde.

Das Gesicht des Iren war gerötet und auf den Händen hatte er breite Altersflecken.

Vom Sperrholz-Deckenbalken hingen schweizer Kuhglocken und blankpolierte Kupfertöpfe. Vergilbte Fotos in schwarzen Holzrahmen hielten Rennpferde fest. Für alle Ewigkeit. Mit Stallburschen, die verlegen wirkten. Über dem Kamin hingen verchromte Hufeisen. Vor dem Feuer wärmte sich ein Greis. Er blätterte in einer alten *National Geographic.*

»Wollen Sie mein Haus kaufen?« fragte der Wirt. Das Warten wurde ihm zu lang.

»Nein«, sagte der Fremde.

»Sie schauen sich hier um, als würden Sie das Haus erwerben wollen«, sagte der Ire. »Gefällt es Ihnen?«

»Alte Häuser sind unverwüstlich«, sagte der Fremde. »Sie können 'reinstellen, was Sie wollen, und selbst Neonröhren können ihnen die Gemütlichkeit nicht nehmen.«

Einer der Pokerspieler lachte.

»Das Haus ist nicht zu verkaufen«, sagte der Wirt.

»Geben Sie mir einen Whiskey«, sagte der Fremde. »Hausgemachten, wenn Sie welchen haben.« Er ging zum Kamin. Der Greis warf ihm einen kurzen Blick zu. Er machte ihm ein wenig Platz. An seinen Füßen trug er ausgetretene Hausschuhe. Der Fremde streckte sich auf dem Kokosteppich aus. Für eine Weile schloß er die Augen.

»Schlafen Sie?« fragte der Wirt. Er beugte sich über den Gast.

»Ja«, sagte der und nahm das Glas. Mit der linken Hand. Die rechte hatte er in die Jackentasche gesteckt.

Der Whiskey im Glas war reichlich.

»Wollen Sie Eis?« fragte der kleine Wirt.

Der Fremde schüttelte den Kopf. Er trank mit geschlossenen Augen.

»Amerikaner wollen meistens Eis in ihren Whiskey«, sagte der Wirt.

»Ich bin kein Amerikaner«, sagte der Fremde.

»Komisch«, sagte der Kleine. »Ich hätte wetten können, daß Sie aus den Staaten stammen.« Er stieg wieder hinter seine Theke.

Der Fremde spürte die Flammen auf seinem Gesicht und den Whiskey in seinem Bauch und genoß die Gegenwart von vier Männern, die nichts zu ihm sagten.

Er wachte auf und eine Frau wollte wissen, ob er zum Lunch bleiben würde. Sie war sorgfältig geschminkt.

»Es gibt Lamm«, sagte sie. »Mit Rosenkohl und Karotten oder Erbsen und Salzkartoffeln.«

Ihre schwarzen Augen waren jung. Ihr Hals war alt.

»Ich empfehle Ihnen Steak«, sagte der Greis.

Die beiden Pokerspieler waren gegangen. Der Fremde sah sich verschlafen um.

»Ich hätte Sie wohl besser nicht wecken sollen«, sagte die Frau.

»Das Haus ist sehr abgelegen«, sagte der Fremde. »Es würde mich nicht wundern, wenn Kerle wie dieser Wolf Tone sich hier versteckt hätten.«

»Von welchem Wolf Tone sprechen Sie?« fragte der Wirt.

»Der Rebell. So gegen 1790. *United Irishmen.*« Der Fremde trank den Rest aus seinem Glas.

»Erstaunlich«, sagte der Greis.

»Ich gebe Ihnen Lamm«, sagte die Frau. Der Büstenhalter unter ihrem engen Pullover machte ihre Brüste spitz. Sie ging zur Küchentür.

»Rosie-Rose«, rief der Greis ihr nach. »Deine Steaks sind so saftig wie ...« Er verschluckte sich und wurde verlegen.

»Drück die Prothese nach vorn«, sagte der Wirt.

Der alte Mann fuhr sich mit dem Daumen im Mund herum. Dann sah er schweigend zur Zimmerdecke.

Der Wirt sah zu dem Fremden hin. »Warum erwähnen Sie Wolf Tone?«

»Nur so.« Der Fremde stand auf und ging zum Fenster. »Vor ein paar Wochen hatte ich einen Unfall. Anschließend war ich fast immer allein in meinem Hotelzimmer«, sagte er. »In Dublin. Ich habe auf dem Bauch gelegen und viel gelesen. Die irische Geschichte besteht fast ausschließlich aus Freiheitskämpfen. Fast jedes Buch handelt von Rebellen.«

Der Wirt sah den Fremden lauernd an. »Ich nehme an, man hat sie gut versorgt.«

»Ja«, sagte der Fremde. »Der Etagenkellner brachte jede Stunde einen frischen Eisbeutel. Für meine Schulter.«

»Das Zimmermädchen wäre Ihnen sicher lieber gewesen«, kicherte der Greis.

»Nein«, sagte der Fremde. »Sie wog zwei Zentner.«

Der Alte schlug sich auf die Schenkel. Er verschluckte sich an seinem Lachen.

»Hör auf«, rief der Wirt. »Hör endlich mit diesem Lachen auf.« Er dachte nach. »Geben Sie mir Ihre Autoschlüssel«, sagte er dann. Der Fremde gab sie ihm. Er folgte dem Wirt zur Tür. Vor dem Haus sah sich der Ire nach allen Seiten um. Dann fuhr er den grünen *Zodiac* in den Stall zwischen die Pferdeboxen.

Das Lamm schmeckte nach kaltem Fett und die Erbsen waren noch älter als der Rosenkohl.

»Sie sind sicher besseres gewöhnt«, sagte Rosie-Rose. Hinter der Bar hing ein Schild: *Wir behalten uns das Recht der Ablehnung von Gästen vor. Richard und Rose Mallonbrook. Inhaber.*

»Vermieten Sie Zimmer?« fragte der Fremde.

»Im Sommer schon«, lächelte Mrs. Mallonbrook.

»Wenn Sie mit dem Essen fertig sind, versorge ich Ihren Arm«, sagte ihr Mann.

»Da gibt's nicht viel zu versorgen«, sagte der Fremde. Er schob das Hauptgericht beiseite. Der Pudding war besser.

»Wir haben Verbandszeug im Haus«, sagte der Wirt.

»Alles, was ich brauche, ist ein Eisbeutel«, sagte der Gast, »falls Sie mir ein Zimmer geben.«

»Wir haben nur vier«, sagte der Kleine. »In einem davon wohnt mein Vater. Oben, unter dem Dach.«

Der Greis nickte eifrig.

»Mein Mann und ich schlafen hier unten«, sagte Rosie-Rose. Sie fuhr sich durch das Haar.

Das Holz im Kamin knackte und sprühte Funken. Treibholz. Bizarre Wurzeln und moderige Planken.

»Wie lange wollen Sie bleiben?« fragte der Wirt.

Der Fremde wischte mit der linken Hand über das Tischtuch. »Ein paar Tage, ein paar Wochen, wer weiß.«

Der Wirt nickte.

»Ein Zigeuner«, sagte seine Frau, »ein blonder Zigeuner.«

»Das Bad ist auf dem Korridor«, sagte der Greis. »Die Zimmer sind nicht für den Winter gedacht. Meines allerdings hat einen Ofen. Wenn Sie sich aufwärmen wollen, können Sie sich gern zu mir setzen.«

»Und wenn Sie baden wollen, kommen Sie zu uns nach unten«, lachte Rosie-Rose. Ihr Mann wurde ärgerlich. »Sie kriegen Holz für den Kamin«, sagte er. »Und über der Badewanne hängt ein Gasboiler.«

Er zeigte dem Ausländer die Zimmer. Drei von ihnen lagen zum Meer hin. Der Himmel vor den kleinen Fenstern hatte sich verdunkelt. Das Wasser sah böse aus.

»Die Bucht von Galway«, sagte der Wirt. »Sobald es aufklart, können Sie das andere Ufer sehen. Bis hin nach Galway selbst.«

»Es ist sehr still«, sagte der Fremde.

»Ja«, nickte der andere, »außer den Möwen schweigt hier im Winter alles. Bei Nordwind können

Sie die Brecher von den Felsen hören. Dann wird es kalt im Zimmer. Die Fenster geh'n nach Norden raus.«

»Sind Sie mal zur See gefahren?« fragte der Fremde.

»Sehe ich so aus?« lachte der Ire.

»Nein«, sagte der andere.

Der Wirt deutete auf die Bilder an den Wänden. Pferde im Sprung. Stuten mit Kränzen. Fohlen auf Koppeln. »Ich war Jockey.«

Neben dem Fenster hing ein billiger Druck im Holzrahmen: Ein glücklicher Jesus und seine Worte *I am with Thee.* »Das muß meine Frau aufgehängt haben«, sagte der Mann. Er öffnete die Verbindungstüren zu den anderen beiden Zimmern. »Als Sie aus dem Auto stiegen, wußte ich sofort, wer Sie sind«, sagte er.

»Tatsächlich?« sagte der Fremde.

»Ja«, sagte der andere. »Ihr Bild war neulich in allen Zeitungen. Jeden Tag. Fast eine ganze Woche lang.«

»Das kann durchaus sein«, sagte der Fremde.

»Irritiert Sie das nicht?« fragte der Wirt. Er sah den Gast aus den Augenwinkeln an.

»Es gehört zu meiner Art zu leben«, sagte der Fremde. »Man gewöhnt sich dran.« Er sah sich die drei Räume an. Sie glichen einander. Kamin, Bett, Tisch, Stuhl, Schrank mit Spiegeltür, Korbsessel, Blumenmuster an den Wänden.

»Die Tapeten hat meine Frau ausgesucht«, sagte der Wirt.

»Sie hat viel Charme, Ihre Frau«, sagte der Fremde.

»Ja«, sagte der Kleine. »Sie war eine Schönheit. Damals.«

»Das glaube ich«, sagte der Gast.

»Auf allen Rennplätzen hat man sie fotografiert. Sie war in allen Zeitungen. Maler wollten sie malen.« Er sah aus dem Fenster. »Welches Zimmer wollen Sie haben?«

Der Fremde dachte nach.

»Im Preis sind sie alle gleich. Acht Pfund pro Woche«, sagte der Wirt.

»Ich nehme alle drei«, sagte der Fremde.

»Wozu das?« Er sah den Mann von unten herauf an.

»Schlafzimmer, Wohnzimmer, und das dritte für meine Koffer. Für meine Unordnung.« Der Fremde lachte.

»Feuerholz und Koks sind nicht inbegriffen«, sagte der kleine Mann mit der schönen Frau. Der Fremde gab ihm dreißig Pfund im voraus.

Der Strand war schmal und voller Steine. Felsen schienen wahllos in das Meer geworfen. Der Wind war kalt und wütend. Der Fremde sah den Möwen zu, die auf hohen Wellen ritten. Sie hielten sich für Schwäne. Die Sonne ertränkte sich in einer eisgrauen See. Sie ließ den Strand und den Mann in Finsternis zurück. Der Weg zum Haus hinauf war mühsam. Der Mann mußte sich den steilen Pfad, am Kliff entlang, nach oben tasten.

Rosie-Rose hatte Möbel gerückt. Aus der mittleren Stube war ein wohnliches Zimmer geworden. Im Schlafzimmer hatte sie die beiden Betten zusammengeschoben.

»Das zweite Bett macht meine Nächte einsam«, sagte der Mann.

»Spielt die Breite des Bettes eine Rolle, wenn

Nächte einsam sind?« fragte sie kokett. Sie mußte gut einen Kopf größer sein als ihr Jockey.

»Ich lasse meine Tür angelehnt«, sagte der Mann.

»Das könnte Ihnen so passen«, lächelte sie.

»Ja«, sagte er, »sehr sogar.«

Die Frau schüttelte den Kopf. Sie war mit einemmal glücklich. Im neuen Wohnzimmer wurde an die Tür geklopft. Der Fremde ging hinüber und ließ einen Unbekannten in das Zimmer. Hinter ihm huschte Rosie-Rose die Treppe nach unten.

»Guten Abend«, sagte der Besucher. Er hing seinen Trenchcoat an die Tür. Seine Tasche stellte er auf einen Korbsessel.

»Ich heiße Bill O'Brady und bin der einzige Quacksalber weit und breit. Es bleibt Ihnen außer mir keine Wahl.« Er stellte sich vor den Kamin. Die Flammen spiegelten sich in seiner Glatze. Sein Gesicht war jung. Landärzte sehen sonst älter aus.

»Ist die böse Kugel schon entfernt worden?« fragte er.

»Sie haben an die falsche Tür geklopft«, sagte der Fremde. Der Arzt hielt die Hände an das Feuer. »Lassen wir die dummen Spiele«, sagte er. »Der Zwerg da unten in der Schankstube, der Pferdenarr mit dem hohen Blutdruck, beherbergt meines Wissens nur einen einzelnen, mit dem Gesetz in Konflikt geratenen, ansonsten aber gottesfürchtigen Christen, der des kenntnisreichen Samariters bedarf.«

Er kicherte.

»Sie gefallen mir«, sagte der Fremde. »Ich mag schräge Vögel. Trotzdem kann ich Ihnen nicht helfen. Ich habe nichts verbrochen.«

»Natürlich nicht«, sagte der Arzt. Er war sehr dürr. Der Anzug flatterte um ihn herum. »Sie sind kein Verbrecher und ich bin alles andere als ein Polizist.« Er kicherte nicht mehr. »Die Frau des Krämers im Dorf erwartet heute nacht ihr achtes Kind. Bei mir zu Hause ist es weit gemütlicher als in dieser Bude hier. Auf meinem Schreibtisch liegen Bücher, die ich lesen möchte.« Er fing zu bellen an. »Ziehen Sie endlich Ihr Hemd aus!«

»Das sind harte Worte aus dem Munde eines Quacksalbers«, lachte der Fremde. Er pellte sich sorgsam aus der Strickjacke. »Sie werden meine Schmerzen nicht lindern können«, sagte er und legte sein Hemd auf den nächsten Stuhl.

»Schalten Sie die Deckenlampe an«, sagte der Landarzt, »und stellen Sie sich darunter.«

Wenig Watt gaben nicht viel Licht.

»Sie sind noch jung«, sagte der Arzt.

»Fünfunddreißig.«

»Gut durchtrainiert«, meinte er. »Sie wirken jünger.«

Der Fremde drehte sich um. Der Arzt starrte in sein Gesicht.

»O Himmel, nicht doch«, sagte er, »o Himmel, nein!«

»Was ist?« fragte der Mann.

»Sie sind der Deutsche, der damals nach Cambridge kam«, sagte der Arzt. »Neunzehnhundertachtundfünfzig. Kann das sein?«

»Ja«, sagte der Mann. »Das ist möglich.«

»Sie heißen Walter Holl«, sagte der Arzt.

»Richtig«, sagte der Fremde.

»Ich war im letzten Semester damals«, sagte der Arzt. »Filmleute kamen aus London und brachten alles durcheinander. Einen wundervollen Sommer lang. Die Blätter waren noch an den Bäumen, da reisten sie wieder ab mit ihren Blechdosen voller Film. *Varsity Summer.* Wir Studenten blieben zurück und waren nicht mehr die Gleichen. Ein Wirbelwind hatte uns verändert. Wir lasen die Scherben auf und versuchten einen neuen Anfang. Er legte seine Hände auf die Schultern des Fremden. »Ihr Rücken sieht bös aus. Sie müssen starke Schmerzen haben.«

»Ja«, sagte der Fremde. »Ich erinnere mich noch an den Lieferwagen auf dem Dach des Verwaltungsgebäudes. Es war ein *Austin A 4.*«

»Das wissen Sie noch?« fragte der Arzt.

Der Fremde lachte. »Die Studenten hatten nur neunzig Minuten Zeit zwischen den einzelnen Runden der Polizeistreife. Ohne Kran und andere Hilfen haben sie den Wagen auf das Dach geschafft. Die Feuerwehr brauchte drei Tage, bis sie das Auto wieder am Boden hatte. Sie haben es demontiert und die einzelnen Teile über Feuerwehrleitern nach unten getragen.« Der Fremde lachte. »Drei Tage gegen neunzig Minuten. Das hat mir imponiert.«

»Herrlich«, gluckste der Arzt. »Wirklich außergewöhnlich.« Er tastete mit geschickten Fingern über die Muskelstränge neben den Halswirbeln des Verletzten.

»Es kommt mir vor wie gestern«, sagte der Fremde.

»Nein«, sagte der Arzt. »Es ist fünf Jahre her. Mein Leben hat eine andere Wendung genommen.«

Eine Zeitlang schwiegen die beiden.

»Ich sehe Sie noch deutlich vor mir, Mr. Holl«,

sagte der Landarzt. »Es wurde Abend. Sie rezitierten Rilke. Auf Deutsch. Im Hof des *King's College*.«

»Es war eine unbeschwerte Zeit«, sagte der Fremde. »Junge Menschen mögen Rilke.« Er lächelte. »Mädchen mögen Rilke.«

»Nicht nur Mädchen«, sagte der Arzt leise.

»*Sie leuchten sich ins Gesicht mit ihrem Lächeln*«, sagte der Mann.

»Wie bitte?« fragte der Arzt.

»Rilke«, sagte der Deutsche.

»Ach so.«

»*Sie tasten vor sich her wie Blinde und finden den anderen wie eine Tür ... fast wie Kinder, die sich vor der Nacht ängstigen, drängen sie sich ineinander ein. Und doch fürchten sie sich nicht.*«

Der Arzt hatte das Zentrum der Schmerzen gefunden. »Hier?« Er drückte auf einen Halswirbel.

»Hören Sie auf!« sagte der Mann.

»C fünf und C sechs«, murmelte Dr. O'Brady.

»*Kein Gestern, kein Morgen, denn die Zeit ist eingestürzt*«, sagte der Schauspieler. »*Und sie blühen aus ihren Trümmern. Er fragt nicht: ›Dein Gemahl?‹ Sie fragt nicht: ›Deinen Namen?‹ Sie haben sich ja gefunden, um einander ein neues Geschlecht zu sein. Sie werden sich hundert neue Namen geben und einander alle wieder abnehmen, leise, wie man einen Ohrring abnimmt.*«

»Nur wenige von uns haben die Worte verstanden«, sagte der Landarzt. »Aber wir wußten, daß die Verse von Liebe sprachen.« Er lachte. »Ein unvergeßliches Bild: zwanzig, dreißig Studenten hocken im Gras. Ein junger Mann stellt sich in das letzte gelbe Licht eines

Sommerabends und sagt mit den Worten eines anderen, daß wir uns alle lieben sollen.« O'Brady holte tief Luft.

Der Deutsche sagte nichts.

»Zwischen dem fünften und sechsten Halswirbel ist ein Stück Knochen abgesplittert«, sagte der Arzt.

»Ich weiß«, bestätigte der Fremde. »Ihre Kollegen in Waterford und Dublin haben mich auf den Kopf gestellt. Tagelang. Die Röntgenbilder reichen aus für eine Gemäldegalerie.« Er zündete sich eine Zigarette an. »Nicht schlecht«, sagte er nach einer Weile. »Sie haben nur Ihre Hände gebraucht. Und fünf Minuten. Wie machen Sie das?«

Bill O'Brady hob die Schultern und besah sich seine Fingerspitzen. »Mein Vater war der Meinung, aus mir würde nie ein guter Arzt. Vermutlich habe ich seine Praxis nur übernommen, weil ich ihm das Gegenteil beweisen wollte.« Er nahm den Regenmantel von der Tür. »Sie hätten mir sagen können, daß Sie den Grund der Schmerzen kennen.«

»Sie waren so eifrig«, sagte der Fremde. »Ich wollte Sie nicht hindern.«

Der Arzt nahm seine Tasche vom Sessel. Ein Schütteln lief über seinen Rücken. Er stieß ein Glucksen aus. »Oh, dieser gottverfluchte Gremlin!«

Der Fremde zog an seiner Zigarette.

»Ich habe Ihnen schmerzstillende Tabletten auf den Tisch gelegt«, sagte der Arzt. »Starkes Zeug. Nehmen Sie nicht mehr als zwei davon.«

»Nehmen Sie Ihre Pillen wieder mit«, sagte der Fremde. »Ich halte nichts von der pharmazeutischen Industrie.«

»Sie werden starke Schmerzen haben«, sagte der Arzt.

»Die habe ich seit Wochen«, sagte der Mann.

»Und was tun Sie dagegen?«

Ich geh' nach unten und hol' mir eine Flasche Whiskey.«

Der Arzt lachte. »Gremlins Whiskey ist der beste in der Gegend.«

»Wer ist dieser Gremlin?« fragte der Fremde.

»Der Kerl, der mich bei Nacht und Wind hierher gerufen hat.«

»Sie sprechen in Rätseln, Doc«, sagte der Deutsche.

»Gremlin der Wirt. Der streitsüchtige Zwerg da unten. Der Mann der welken Rosie-Rose.«

»Warum, glauben Sie, hat er Sie bestellt?«

»Er ist ein Möchte-gern-Rebell«, lachte der Arzt. »Wenn er schon nicht selbst für die irische Sache kämpft, will er wenigstens den Rebellen helfen.« Der Arzt holte sich die Tabletten vom Tisch. »Wissen Sie, was ein Gremlin ist?«

»Nein.«

»Eine irische Spezialität«, sagte der Arzt. »Kein anderes Land hat ihn. Ein kleiner Kerl, der nur mit uns lebt.«

»Ein Kobold?« fragte der Fremde.

»Sie lachen nicht über mich?« fragte der Arzt.

»Ich würde gern den Kopf schütteln«, sagte der Fremde. »Es schmerzt zu sehr.«

»Sie waren schon oft in Irland?« fragte der Arzt.

»Ja«, sagte der Deutsche. »Und immer wieder gern. Von einem Gremlin habe ich nie etwas gehört.«

»Fast jeder von uns hier hat seinen Gremlin«, sagte

O'Brady. »Sind Sie noch nie auf der Straße jemandem begegnet, der Selbstgespräche mit seiner Schulter führt?«

»Doch«, sagte der Deutsche. »Meistens in *Pubs*. Der Whiskey lief den Kerlen aus den Ohren.«

»Nein«, kicherte der Landarzt. »Die Leute sprachen mit ihren Gremlins.«

»Verstehe«, sagte der Fremde. »Kobolde sitzen den Iren auf den Schultern.«

»Manche sitzen auf Pferden«, kicherte O'Brady. »Wie Richard Mallonbrook vor vielen Jahren.«

Der Deutsche drückte seine Zigarette aus. Er wartete. Der Landarzt fuhr sich mit der Hand über die Stirn.

»Den Gremlins wird auch die Eigenschaft zugesprochen, Schaden anzurichten«, sagte er. »Sie verhindern den Start von Flugzeugen oder führen Autopannen herbei. Gremlins sind bösartige kleine Biester. Sie können sogar Rennpferde wenige Meter vor dem sicheren Sieg zusammenbrechen lassen.« Doktor O'Brady's Augen leuchteten im Licht der Flammen. »Es wird behauptet, Richard Mallonbrook hat seinem Rennstallbesitzer die Frau weggenommen. Vor zwanzig Jahren. Wollen Sie wissen, wie?«

»Ja«, sagte der Fremde.

»Ganz einfach«, sagte der Arzt. »Richard sprach mit seinem Gremlin. Am nächsten Tag fuhr sich der Rennstallbesitzer zu Tode. Sein Wagen hatte sich überschlagen. Rosie-Rose folgte ihrem etwas zu kurz geratenen Jockey zum nächsten Rennen nach Deauville. Als sie wieder zurückkam, war sie Mrs. Mallonbrook.« Er lächelte und dachte nach. Dann sah er auf seine Uhr. »In seiner ganzen Ehe hat Richard nie wieder ein Rennen gewonnen.« Er warf dem Deutschen einen Blick zu. »Erstaunt Sie die Geschichte?«

»Ich muß darüber nachdenken«, sagte er. »Erzählen Sie weiter, Doc.«

»Rosie-Rose wurde die Königin des Turfs. Männer bestürmten sie. In der *Municipal Gallery of Modern Art* hängt ein Akt in Öl, der ihr zum Verwechseln ähnlich sieht. Richard wurde von Eifersucht zerfressen. Er vernachlässigte seinen Gremlin, was ihm zum Verhängnis wurde. Richards Pferde stürzten, litten unter Blähungen, brachen sich die Fesseln, mußten erschossen werden. Eine Tageszeitung schrieb, Richard Mallonbrook stünde von Statur und mit den damit verbundenen Konsequenzen wie ein Gremlin in den Steigbügeln.« Er ging zur Tür. »Der Name blieb hängen. Richard wird ärgerlich, wenn er es hört, aber die Leute nennen ihn Gremlin Mallonbrook.« Der Arzt fuhr sich mit fahriger Hand über die Glatze. »Hatte ich einen Hut?«

»Nein«, sagte der Fremde. »Sie sind ohne Hut gekommen. Im Dunkeln. Unaufgefordert. Warum?«

»Mallonbrook hat mich bestellt«, sagte der Arzt. »Ich mußte Verschwiegenheit schwören, am Telefon. Erst nach Einbruch der Dunkelheit durfte ich das Haus betreten, um die Schußwunde im Rücken eines Unbekannten zu versorgen. Er beschwor mich, mein Besteck mitzubringen, möglicherweise säße die Kugel noch im Rücken des flüchtigen Bankräubers.«

Der Fremde dachte nach. »Ich glaube, ich bin zu müde, um Sie zu verstehen«, sagte er.

»Es gibt Amerikaner, die irische Banken knacken und der IRA das Geld geben«, sagte der Arzt.

»Und?« fragte der Deutsche.

»Mallonbrook muß Ihr Foto in der Zeitung gesehen haben. Am gleichen Tag hatte ein blonder Ausländer eine Dubliner Bank ausgeraubt. Er lieferte sich ein Feuergefecht mit der Polizei. Der Fremde soll angeschossen worden sein. Trotzdem ist er in einem gestohlenen Auto entkommen. Mit einem Batzen Geld. Der Gangster ist untergetaucht. Seit Wochen fehlt jede Spur von ihm. Verstehen Sie jetzt?«

Der Fremde lachte. »Enttäuschen Sie den Gremlin nicht. Behalten Sie die Wahrheit für sich.«

»Was ist die Wahrheit?« fragte der Arzt.

»Ich bin mit einem Pferd gestürzt. In Waterford. Bei Außenaufnahmen zu einem Film.«

»Es stand nichts in den Zeitungen darüber«, sagte O'Brady.

»Nein«, sagte Holl. »Die Sache wurde totgeschwiegen.«

»Merkwürdig«, sagte der Arzt. »In welchem Hospital haben Sie gelegen?«

»Ich bin ambulant behandelt worden«, sagte der Fremde.

»Mit einer Fraktur des Halswirbels?« rief der Dorfarzt.

»Ja«, sagte der Schauspieler. »Ihre Kollegen haben mir ein Korsett verpaßt. Ich habe es anschnallen lassen und mich in der Suite 231 des *Royal Hibernian Hotel* versteckt.«

»Warum das?«

»Außer Zimmermädchen und Etagenkellner hat mich niemand gesehen. Und die schweigen für ein paar Pfund die Woche.«

»Wozu die Geheimhaltung?«

»Wegen der Versicherung.«

»Ich verstehe Sie nicht, mein Bester«, sagte der Arzt.

»Wenn ich nicht gesund bin, nimmt mich keine Versicherung«, sagte der Schauspieler. »Ohne Versicherung nimmt mich kein Produzent.«

Der Dorfarzt sah den Fremden fragend an.

»Jeder Tag, den ich ausfalle, kostet den Produzenten ein Vermögen«, sagte der Deutsche. »Ich bin gezwungen, gesund zu sein. Vor jedem Film untersucht mich ein Versicherungsarzt. Ich muß Fragebogen ausfüllen. Von jetzt an werde ich lügen.«

»Sie werden die Halswirbelfraktur verschweigen«, sagte der Landarzt.

»Ja.«

»Weil Sie nicht mehr versicherungswürdig wären.«

»Erraten«.

»Anstatt Schmerzensgeld zu kassieren, spielen Sie Versteck«, sagte der Arzt.

»Ja«, sagte der Fremde.

Der Landarzt nickte. »Nicht schlecht gewählt, das Haus am Meer. Im Winter gibt's in Gremlins Möwenklause keine Touristen. Und Journalisten kommen nie hierher.«

Vor der Zimmertür schlurften Pantoffeln den Flur entlang.

»Sie sollten das Korsett tragen«, sagte der Landarzt. »Ohnehin ein Wunder, daß die Fraktur schon fast verheilt ist.«

Der Fremde holte das Gestell aus dem Koffer. »In

Dublin wollte ich nicht mit dem Stehkragen gesehen werden.«

»Sie haben einen merkwürdigen Beruf«, sagte der Ire.

»Das können Sie ruhig zweimal sagen«, lachte der Deutsche.

Der Arzt legte dem Fremden das Korsett an. »Ich verdanke Ihnen eine wichtige Erkenntnis in meinem Leben«, sagte er, »Sie haben es nicht ahnen können.«

Das Gestell bereitete dem Schauspieler Schmerzen. Er rang nach Luft. »Sprechen Sie weiter«, sagte er.

»Es war ein Sonntagmorgen in Cambridge. Wir baten Sie, uns Verse zu rezitieren, in einer Sprache, die wir verstehen konnten. ›Wie wär's mit Shakespeare?‹ fragten wir und Sie breiteten die Arme aus. Es war wieder am Fluß. Einige hockten am Ufer. Andere lagen in den flachen Booten. Sie sprachen die Sonette, als wären die Worte eine Eingebung des Augenblicks. Meine Freundin hing an Ihren Lippen. Später nahmen Sie das Mädchen mit in Ihr Hotel. Wissen Sie noch, wo Sie wohnten?«

»In einem alten Haus. Graue Natursteine. Hohe Bäume ringsherum«, sagte der Fremde. »Es stand am River Cam.«

»Richtig«, sagte der Arzt. »Ihr Zimmer lag zu ebener Erde. Von einer Trauerweide gut verborgen konnte ich in Ihr Fenster sehen. Ich wüßte noch genau zu beschreiben, wie die Möbel standen.«

»Und?« sagte der Fremde.

»Sie führten meine Freundin in Ihr Hotelzimmer und zogen dem Mädchen die Kleider aus. Sheila ließ es widerspruchslos geschehen. Sie bedeckten ihren Körper mit Küssen. Dann legten Sie die Kleine auf den Fußboden und drangen in sie ein. Ich erlebte jede Bewegung, jede Einzelheit Ihrer Paarung und fragte mich, warum ich keine Wut empfand. Nicht einen Hauch von Eifersucht. Ich lief in mein College zurück. Ich hüpfte über die großen Steine am Rande der Straße, im Rhythmus, und hörte mich rufen: ›Frei! Endlich frei!‹.«

Der Fremde holte sich sein Hemd. Er mühte sich, es anzuziehen. Der Arzt half ihm dabei. »Was Sie mir genommen haben, Mr. Holl, hatte ich nie besessen«, sagte er. »Ich hatte keine Freude daran gehabt, Sheila zu küssen, und ihre Brüste habe ich nie berührt. Niemals wäre ich in der Lage gewesen, mit ihr zu tun, was Sie taten. Verstehen Sie?«

Der Fremde sagte nichts.

»Sie waren unerbittlich mit meiner Freundin in Ihrer männlichen Gewalt. Wie von Sinnen, wütend, als würden Sie sie peinigen wollen – so drangen Sie in das Mädchen ein. Es war wie ein Dolch ...« Er fuhr sich fahrig durchs Gesicht. »Ja, das ist der richtige Vergleich: ein Dolch stieß durch die Frau hindurch, tief hinein in den Boden. Die Gepeinigte warf sich hin und her, stieß Schreie aus, preßte Hände vor ein schmerzverzogenes Gesicht. So schien es mir. Doch dann mußte ich erkennen, daß es Ekstase war, die aus dem jungen Gesicht eine Grimasse machte. Das Mädchen hob ihre Beine hoch über die Schultern des Bezwingers, wollte, daß er tiefer in sie dränge. Sie schlang die Arme um den Mann, hing an ihm, hatte den Mund aufgerissen ... Vergessen waren Shakespeares Lieder. Aus Sonetten waren Worte geworden, leer, verblaßt, achtlos ins Gras am Ufer des Flusses geworfen.

Menschen trampelten auf den Worten herum und das Mädchen lag keuchend unter dem Fremden, festgenagelt an den schmutzigen, abgewetzten Teppich eines Hotelzimmers.«

Bill O'Brady drehte die Arzttasche in seinen Händen spielerisch hin und her. »Ich lief durch die Straßen und es wurde mir bewußt, daß ich noch nie wirklich eine Frau begehrt hatte und nie eine Frau nehmen könnte, wie jener Mann im Hotel Sheila genommen hatte, und ich war froh über diese Erkenntnis, und von dem Tage an hörte ich auf zu heucheln. Ich widmete mich ohne jede Scheu nur noch Männern.« Er sah den Fremden glücklich an. Die Halskrause des Korsetts stützte das Kinn des Fremden unnatürlich hoch und ließ ihn arrogant erscheinen.

»Soll ich Ihnen noch mehr sagen?« fragte der Landarzt.

»Nein«, sagte der Fremde. »Sie haben viel gesagt.«

Bill O'Brady zog seinen Trenchcoat an. In der Tür blieb er noch einmal stehen. »Ich glaube zu wissen, was Sie jetzt denken«, sagte er.

»Ich gehe mit Ihnen nach unten«, sagte der Fremde.

Das Licht der Treppe malte das Gesicht des Arztes gelb.

»Sie fürchten, es könnte mir leid tun, heute abend oder auch morgen, daß ich mich Ihnen eröffnet habe«, sagte der Arzt.

»Nein«, sagte der Fremde. »Machen Sie sich keine Sorgen.« Das Lokal am Ende der Treppe war menschenleer.

»Wo ist das Telefon?« fragte der Fremde.

»Unter der Theke«, sagte der Arzt.

»Ich brauche ein Gespräch mit Berlin«, sagte der Schauspieler. »Wie macht man das von hier?«

Bill O'Brady beugte sich über die Theke und holte das Telefon hervor. Er wählte eine Nummer. »*Operator?*« sagte er. »Ich brauche Berlin. West-Berlin.«

Der Fremde schrieb eine Nummer auf einen Bierdeckel. Der Arzt las sie ab. »8262081.« Er gab dem Mann den Hörer. »Was haben Sie wirklich gedacht? Oben, in Ihrem Zimmer?«

»Nicht viel«, sagte der Fremde. »Ich wollte Ihre Geschichte nicht zu Ende hören. Ich wollte das Telefon finden. Und eine Flasche, die mir die Nacht erträglich macht.«

Der Arzt holte eine eckige Flasche aus Gremlin Mallonbrooks Regal. Er schenkte dem Fremden ein Glas bis an den Rand. »Gute Nacht«, sagte er.

»Gute Nacht«, sagte der Fremde.

Der Arzt öffnete die Tür. Ein kalter Wind heulte quer durch die Gaststube. Der Arzt hatte alle Mühe, die Tür von außen wieder zuzustemmen.

Der Fremde nahm einen großen Schluck aus dem Glas. Er mußte lange warten. »Hallo?« sagte er dann, »Ruth? Ich habe einen außergewöhnlichen Platz gefunden. Wann kommst Du?« Er schob das Glas auf der Theke hin und her. »Verstehe. Selbstverständlich ist das wichtiger. Dein Theater und dein Beckett. Halt beide fest. Was würdest du ohne sie anfangen?« Er nahm noch einen Schluck. Der Arzt hatte sich nicht die Mühe gemacht, Wasser in Mallonbrooks Hausgemachten zu gießen. »Ich? Ich werde wohl ein bißchen hierbleiben. Zwischen Möwen, fliegenden Sonnenschirmen und verwunschenen Bäumen.«

Die Frau im Hörer sprach mit einer tiefen Stimme. Sie lachte ständig. Der Mann spürte die Schmerzen zurückkommen. Er lehnte seinen Kopf an die Wand neben der Theke. »Nein«, sagte er. »Ich bin alles andere als betrunken.« Er hörte nicht weiter zu, was die Frau am anderen Ende sagte. Er hing den Hörer auf die Gabel. Am Fuß der Treppe stand Gremlin Mallonbrook.

»Brauchen Sie noch etwas, oder kann ich das Licht hier unten abschalten?« fragte er.

Der Fremde hielt ihm die eckige Flasche entgegen.

»Ich bringe dies nach oben und mein Korsett nach oben und mich nach oben«, sagte er.

Der kleine Mann nickte. »Sie werden sicherlich gut schlafen.«

»Ich glaube schon«, sagte der Fremde. »Es war ein langer Tag.«

Heute vor ein paar tausend Jahren

»Sprechen Sie mit mir«, sagte die Frau. »Ich komme aus einer Welt, in der Menschen miteinander sprechen.« Eine dunkle Brille verdeckte die obere Hälfte ihres Gesichtes.

»Sie sollten ein wenig schlafen«, sagte der Mann. »Sie müssen müde sein.«

»Ich bin wie gerädert«, sagte die Frau, »aber ich werde nicht einschlafen können, wenn wir uns nicht vorher ein wenig unterhalten.«

»Na schön«, sagte der Pilot, »aber Sie müssen anfangen.«

Er sah aus dem Fenster. Der Urwald schien endlos, wie bei allen Flügen der letzten Jahre. Es war November und erst zehn Uhr morgens, und der Himmel wollte schon weiß werden. Nordwestkurs lag an. Sie flogen von der Sonne fort. Die Flächen des Hochdekkers sorgten für Schatten in der Kanzel, trotzdem war es schon heiß.

»Wissen Sie, daß Sie faszinierende Augen haben?« fragte die Frau.

»Nein«, sagte der Mann.

»So hell«, sagte die Frau. »Nicht blau wie bei anderen Deutschen oder Skandinaviern. Ihre Augen sind fast weiß. Hat Ihnen das noch nie jemand gesagt?«

»Doch«, nickte der Mann.

»Als Sie sich gestern abend vorstellten, war die schäbige Hotelhalle angefüllt mit Ihren Augen«, sagte die Frau. »Wie ein Schuljunge haben Sie auf dem Ledersofa gesessen. Mit kurzen Hosen und dünnen Beinen und läppischem Empfehlungsschreiben und diesen verwirrenden hellen Augen.«

Der Pilot sah auf seine Instrumente.

»Wie kommt es, daß Sie keine Sonnenbrille tragen?« fragte die Frau. »Die Sonne hier ist mörderisch.«

»Ich bin die Sonne gewöhnt«, sagte er. »Solange wir sie im Rücken haben, fliege ich lieber ohne Brille.«

»Und wenn Sie der Sonne folgen müssen?«

»Dann brennt sie tief in mich hinein.«

»Schmerzt das?« fragte sie.

»Ja«, sagte er, »ganz tief hinter den Augen. Und selbst dahinter ist noch sehr viel Raum für Schmerzen.«

Die Frau zündete sich eine Zigarette an.

»Wie kommt ein deutscher Schuljunge nach Brasilien?« fragte sie.

Der Pilot hob die Schultern. »Ich war einmal in Ferien hier. Vor sieben Jahren. Es hat mir gut gefallen. Nicht lang danach bin ich zurückgekommen.«

»Was gefällt Ihnen an diesem Land so sehr?« fragte sie.

»Die Endlosigkeit«, sagte er. »Ein Pilot hat Zukunft hier.«

»Sie sind so unbeschreiblich jung«, sagte sie. »Wenn Sie sich Brasilien einmal abgewöhnen, kommen Sie sicher bei einer Luftlinie unter.«

»Nein«, sagte er. »Ich werde wohl Buschpilot bleiben.«

Die Frau zog den Rauch tief in sich hinein. »Sie sind so schweigsam gewesen den ganzen Morgen. Ich hatte Grund zu glauben, Sie könnten mich nicht leiden.«

»Im Gegenteil«, sagte der Deutsche. »Sie gefallen mir. Irgendwie.«

»Das freut mich«, sagte die Frau. Sie warf einen Blick aus dem Fenster. »Wie hoch sind wir wohl über diesen Bäumen?«

»Neuntausend Fuß«, sagte der Pilot. »Rund dreitausend Meter.«

»Aus dieser Höhe sieht der Urwald aus wie Petersilie«, sagte die Frau.

Der Mann lachte. »Kein schlechter Vergleich.« Er nahm die Karte von seinen Knien und stellte den Kompaß nach. Dann deutete er nach vorn. Durch endloses Grün schlängelte ein helles Band. »Rio Araguaya«, sagte er.

»Ein Fluß ähnelt hier dem anderen«, sagte sie. »Es gibt keine Straßen, nach denen Sie sich orientieren können, keine Eisenbahnen und nirgendwo ein Dorf. Nichts als verfilzter Wald. Wie können Sie um Gottes Willen wissen, wo wir uns befinden?«

Der Mann lächelte geradeaus. »Wer Gott vertraut und Bretter klaut, der hat 'ne billige Laube«, sagte er. »Ein ostpreußisches Sprichwort. Die einzige Hinterlassenschaft meines Vaters, von ein paar anderen Redensarten abgesehen.«

»Leben Ihre Eltern auch hier?« fragte sie.

»Nein«, sagte er. »In Würzburg. Mein Vater ist Beamter.«

»Bekommen Sie oft Post?« fragte sie.

Der Pilot nickte. »Meine Mutter schreibt schöne Briefe. Mit einer steilen Schrift. Die Buchstaben sind so eng wie die ganze Stadt da drüben.«

Die Frau räkelte sich in ihrem Sitz. »Ich glaube, ich werde jetzt doch ein wenig schlafen. Stört Sie das?«

»Keineswegs«, sagte der Mann. »Ich bin es gewohnt, mit mir allein zu fliegen.«

Er fiel ab auf Kompaßkurs Drei Null und hörte seinem Motor zu.

Die runden Knie der Frau waren voller Sommersprossen.

»Als ich heute früh Ihr Flugzeug sah, wollte ich nicht einsteigen«, sagte sie unverhofft.

»Sie haben nicht länger als achtzehn Minuten geschlafen«, sagte er.

»Neben den Düsenriesen wirkt Ihr Flugzeug irgendwie zerbrechlich«, sagte sie.

»Da können Sie recht haben«, lachte der Pilot.

»Der schiere Wahnsinn«, sagte sie, »ein Spielflugzeug mit einem einzigen Propeller.«

»Zweimotorig würden wir uns den Hals brechen auf der Wiese, zu der Sie wollen«, sagte er.

»Wieso?« fragte sie.

»Die Lichtung am Tapajos ist sehr kurz«, sagte er, »zweimotorig würden wir allenfalls reinkommen. Aber wieder raus?« Er schüttelte den Kopf.

In dem Cockpit roch es nach altem Öl und nach Benzin. Die Nadel auf dem runden Blatt des Außenthermometers stieg eilig nach rechts. Von der Nase der Frau lief ein wenig Schweiß zu ihrem breiten Mund hinunter.

»Haben Sie dieses Flugzeug schon lange?« fragte sie.

Er nickte. »Sieben Jahre. Seit ich in Brasilien bin. Ich habe es selbst aufgebaut.«

»Wie meinen Sie das?« fragte sie.

»Aus zwei alten Maschinen habe ich mir eine neue gebaut«, sagte er.

»O Gott«, sagte die Frau.

»Sie brauchen keine Angst zu haben«, sagte der Mann, »es ist ein sehr stabiles Flugzeug. Eine Hundertfünfundneunzig. Sowas stellt heute keiner mehr her. Der Motor ist laut, aber stark. Und das feststehende Fahrwerk ist robust. Außerdem haben wir ein Spornrad. Das ist wichtig.«

»Warum?« fragte die Frau.

»Die neueren Maschinen haben Bugräder. Wenn Sie mit so einem Bugrad ein Fuchsloch erwischen, oder einen Maulwurfshügel, bricht es weg. Sie überschlagen sich. Uns kann das nicht passieren«, sagte der Pilot. »Mit einem Spornrad landen wir überall. Auf jedem Acker.«

»Wie beruhigend«, sagte die Frau. Sie zog an ihrer Zigarette. »Ich hätte in Rom bleiben sollen.«

Der Mann sah sie an. »Der Hotelbesitzer ist ein Freund von mir. Er sagt, sie seien Journalistin.«

Die Frau nickte. Sie nahm die Sonnenbrille ab. In ihrer Handtasche fand sie ein blütenweißes Taschentuch. Sie tupfte sich den Schweiß aus den Augenwinkeln. Wimperntusche malte Krähenfüße unter ihre Augen. Der Mann fand ihr müdes Gesicht sehr liebenswert. »Was wollen Sie am Tapajos?« fragte er.

»Einem Gerücht auf den Grund gehen«, sagte sie. »Die internationalen Nachrichtendienste melden, daß die wilden Indianerstämme im Inneren des Landes ausgerottet werden.« Sie sah ihn von der Seite an. »Halten Sie das für denkbar?«

Der Pilot sah durch das zerkratzte Plexiglas seines Fensters. »Ja«, sagte er.

»Halten Sie es für denkbar, daß Flugzeuge der brasilianischen Regierung Säcke mit vergiftetem Reis bei Indianerdörfern abwerfen?«

»Nein«, sagte er. »Warum sollte die Regierung das tun?« Er schwieg eine Weile. »Indianer werden auf andere Weise umgebracht«, sagte er dann.

»Beispielsweise?« fragte die Journalistin.

»Sie bringen einen Schnupfen aus Europa mit. Ich fliege Sie zum Matto Grosso. Wir begegnen Indios, die Menschen unserer Art nur selten sehen. Nachts spannen wir unsere Hängematten neben den Hängematten der Indios auf. Wenn wir wieder abfliegen, stirbt der ganze Stamm.«

»Das verstehe ich nicht«, sagte die Frau.

Der Pilot lehnte seinen Kopf an das zerkratzte Fenster. Die grüne Matte unter ihm war endlos. »Die Indios da unten leben wie zur Steinzeit. Selbst das Rad ist für sie ein Wunder. Kleidung ist ihnen unbekannt. Ebenso wie Tabak oder Alkohol.« Er streckte sich und zog die heiße Luft tief in seine Lungen. »Die Krankheiten unserer Zivilisation sind ihnen fremd. Selbst Schnupfen ist für die Indios etwas Unerhörtes. Wenn

Sie Ihren Schnupfen aus Rom in ein Dorf der Indios tragen, stirbt der ganze Stamm. Indios sind gegen Schnupfen nicht immun.«

Die Frau suchte in ihrer Handtasche nach einem Notizblock. »Erzählen Sie weiter.«

»Der andere Tod sind Kautschukpflanzer. Sie gehen auf Indianerjagd.«

»Wie meinen Sie das?« fragte die Frau aus Rom.

»Treibjagden«, sagte der Mann. »Nur schießen die Pflanzer schon lange nicht mehr auf Fasane. Sie jagen Indios durch den Busch. Und knallen sie ab. Wie Hasen.«

»Das kann nicht wahr sein!« sagte die Frau.

»Sie hätten nicht nach Brasilien kommen sollen«, sagte der Pilot. »Der Auftrag, den Sie haben, ist kein Auftrag für eine Frau.«

»*Mundo Macho*«, lachte die Journalistin. »Mein Boß hätte einen Mann schicken sollen, oder?« Das Lachen klang hart. Sie nahm einen Fotoapparat aus der Tasche zu ihren Füßen.

»Ja«, sagte der Pilot. »Ein Mann wäre geeigneter gewesen.« Es machte ihm nichts aus, fotografiert zu werden. Er sah auf die Uhr. Dann nahm er das Mikrofon und drückte auf die Sprechtaste. »Belem Control von Papa Papa Delta Victor Yankee. Stundenreport. Neuntausend. Kurs Drei Null. Sonst nichts Neues. Gibt's bei euch was Neues?«

»Auch nichts Neues«, sagte die Stimme aus Belem. Der Pilot hängte das Mikrofon an den Haken.

»Halten Sie es für denkbar, daß Frauen auf den meisten Gebieten ebenso erfolgreich sein können wie Männer?« fragte die Journalistin.

»In Rom ja. In Rio auch«, sagte der Mann. »Am Tapajos nein.«

Die Zeit lief über das scharze Ziffernblatt der Borduhr. Der Pilot war dankbar für ein wenig Schweigen. Die Sonne stieg auf Mittag zu. Sie hatte sich nach vorn gedrängt. Die ersten Ränder ihrer steilen Strahlen brannten durch das Plexiglas.

»Wollen Sie wissen, warum ich Sie gechartert habe und nicht einen der anderen Piloten, die zur Verfügung standen?« fragte die Journalistin.

»Nein«, sagte der Pilot, »ich bin nicht neugierig.«

»Oh, jetzt ist der Kleine verärgert!« lachte die Frau, »seine Unterlippe steht nach vorn. Entzückend!« Sie lehnte sich in den Sitz aus Eisenrohr und Zeltplane zurück. »Der Hotelmensch sagt, Sie hätten schon öfters bei den Indios gelebt. Stimmt das?«

Der Mann nickte.

»Er sagt, Sie könnten sprechen wie ein Indio.«

»So gut wie jeder Stamm hat seine eigene Sprache«, sagte der Pilot.

»Und Sie sprechen einige davon?« fragte sie.

»Stümperhaft«, sagte er. Das Hemd auf seinem Rücken klebte naß auf seiner Haut. Er deutete mit dem Kopf auf das Land ohne Ende. »Sie werden sich da unten sehr einsam fühlen.«

Die Frau folgte seinem Blick. »Das wäre keine Neuigkeit in meinem Leben.«

Der Mann nahm die Fliegerkarte. »Eine andere Art von Einsamkeit«, sagte er leise. »Die Einsamkeit des Schweigens. Indios sagen nur das Nötigste.«

»Das klingt nach schlechtem Journalismus«, sagte die Frau. »Schweigsame Welt der rauhen Wilden!«

Der Mann schüttelte den Kopf. »Indios lachen gern. Sie treiben Spaß miteinander. Die Männer machen Jagd auf Fische mit Pfeil und Bogen. Sie brauchen dazu keine Worte.«

»Und die Frauen?«

»Sie sprechen mit ihren Kindern. Manchmal plappern die Frauen auch untereinander, wenn sie sich gegenseitig kämmen. Sie haben sehr schönes Haar. Blauschwarz. Lang, bis weit über die Schultern. Über den Augen schneiden sie es ab, in einer geraden Linie. Ponies, wie bei den Frauen in Europa.« Er sah die Römerin an und lachte.

»Worüber lachen Sie?« fragte die Journalistin.

»Ich stelle mir die Begeisterung vor, wenn die Frauen die Sommersprossen von Ihrem weißen Körper kratzen wollen und sehen, daß die rötlichbraunen Sterne auf Ihrer Haut festgewachsen sind«, sagte der Pilot.

Die Frau drehte ihm ihr Gesicht zu. Der breite Mund stand fragend offen.

»Sie sind von Natur aus rothaarig«, sagte der Pilot, »oder nicht?«

»Allerdings«, sagte die Frau.

»Wenn die Indios das rötlichkrause Haar auf Ihrem Venushügel entdecken, werden sie an Zauberei denken. Oder an Feuer.« Der Pilot lachte. »Feuer zwischen den Beinen der Frau! Es würde mich nicht wundern, wenn die Indios das sagen würden.«

Die Frau besah sich die Sommersprossen auf ihren Händen und den runden Knien. »Wenn ich prüde wäre, und wir säßen in einem Taxi, würde ich sagen, halten Sie an, ich will aussteigen.«

»Die Farbe Ihrer Schamhaare ist für die Indios eine Neuheit, verstehen Sie das nicht?« fragte der Pilot. »Die Indiofrauen sind zwischen ihren Beinen nackt.«

»Es muß an Ihrem Charme liegen«, sagte die Frau. »Ich kann Ihnen nicht böse sein.«

»Ihre Zeitung hätte einen Mann schicken sollen«, sagte der Pilot. »An nackte weiße Männer sind die Indianer gewöhnt. Ab und an kommt ein Buschpilot bei ihnen vorbei, so wie ich. Oder ein Wissenschaftler. Eine nackte weiße Frau haben die Männer am Tapajos bisher noch nicht gesehen.«

Der Motor lief rund und ruhig. Der Öldruck war normal. Die Temperaturanzeige auch. Die Sonne brannte durch das Fenster neben der Frau. Der Pilot angelte einen zerknautschten Filzhut unter dem Sitz hervor und stülpte ihn sich tief in die Stirn.

»Warum schweigen Sie?« fragte die Frau.

Der Mann sah sie an. »Weil es nichts zu sagen gibt.«

»Sie sind entzückend«, sagte die Frau. »Glauben Sie, ich hätte mich auf diesen Auftrag nicht vorbereitet? Natürlich weiß ich, daß die Wilden nackt herumlaufen.«

»Senhora«, sagte der Pilot, »Sie haben mich und mein Flugzeug gechartert. Sie bezahlen uns pro Stunde. Falls Ihnen meine Konversation nicht gefällt, beschränke ich mich aufs Fliegen.«

»Wenn ich einen Bericht über einen Mörder schreibe, lasse ich mich auch nicht in die Todeszelle neben ihn sperren«, sagte die Frau.

»Vielleicht sollten Sie das tun«, sagte der Mann. »Es könnte ein guter Artikel werden.«

Die Frau lachte. »Sie wollen also unbedingt, daß ich

im Evakostüm unter den Eingeborenen herumhüpfe, ausgestattet lediglich mit Bleistift und Papier.«

»Nein«, sagte er. »Ich will nur, daß der verdammte Fluß endlich in Sicht kommt.«

»Was kosten Sie pro Stunde als Dolmetscher?« fragte sie.

»Nichts«, sagte er. »Außer Ihren Fragen wird es nichts zu übersetzen geben. Ihre Fragen gebe ich kostenlos weiter.«

»Sie meinen, ich erhalte keine Antwort?«

»Kaum«, sagte er.

»Und warum nicht?« fragte sie.

»Die ersten Tage wird man uns beobachten. Erst einmal kommt das Vertrauen. Später kommen vielleicht die Antworten.«

Die Frau strich ihr Taschentuch glatt. Es war nicht mehr weiß.

»Auf den Fotos, die man mir in Brasilia zeigte, leben die Indios in einer Gemeinschaft von zehn und mehr Familien unter einem einzigen, langgestreckten Dach aus Schilf«, sagte die Frau.

»Ja«, sagte der Pilot. »Jede Familie hat ein eigenes Feuer brennen. Rings um das Feuer hängen die Hängematten. Oben schläft der Mann. Darunter ist die Hängematte der Frau. Neben ihnen hängen die Matten der Kinder. Die Feuer gehen niemals aus. Der Qualm brennt in den Augen. Aber er vertreibt auch die Moskitos.«

»Und wo bleiben wir heute?« fragte die Frau. »Es ist kaum anzunehmen, daß es ein Dach für Gäste gibt.«

»Nein«, sagte der Mann. »Wir suchen uns einen Platz irgendwo zwischen den Familien.« Er deutete mit dem Kopf nach hinten. »Ich habe Hängematten im Gepäckraum.«

»Auch Wolldecken?« fragte sie.

Er schüttelte den Kopf. »Zu heiß dafür in dieser Gegend. Selbst nachts. Ich habe dünne Laken dabei. Das ist das Richtige.«

Die Frau lockerte den Gurt und zog die Beine auf den Sitz. Ihr Rock war zerknittert. Schweiß malte eine dunkle Landkarte auf die Bluse zwischen ihren Brüsten.

»Ich habe eigentlich nicht mehr als zwei Tage eingeplant«, sagte sie.

»Wenn Sie in Eile sind, laufen wir nachher mal kurz durch den Wald«, sagte der Pilot. »Vielleicht finden wir den vergifteten Reis. Dann hätten Sie Ihren Artikel. Oder wir finden keinen Reis. Dann haben Sie auch eine Antwort auf Ihre Frage. Von den Indios können Sie keine Antwort erwarten.«

»Warum nicht?« fragte sie.

»Weil Sie ein Fremdkörper sind«, sagte er. »Vertrauen wächst auf sehr viel Zeit.«

Die Frau schwieg. Der Mann fand ein altes Handtuch hinter seinem Sitz und wischte sich die Handflächen damit trocken.

»Ich habe nicht erwartet, die Wahrheit zu finden«, sagte sie. »Die Wahrheit will der Leser kaum mehr wissen.«

»Nein?« fragte er.

Sie schüttelte den Kopf. »Die Suche nach der Wahrheit genügt dem Leser.«

»Das ist schlimm«, sagte der Mann.

»Das habe ich auch einmal gedacht«, sagte die Frau.

»Jetzt bin ich daran gewöhnt.« Sie lächelte. »Es wird ein guter Artikel werden. Die Suche war dornenreich, verstehen Sie?«

»Nein«, sagte der Pilot.

»Einmotorig auf dem Weg zu den Indianern in Zentralbrasilien«, sagte die Frau. »Als Frau allein in einer Welt für harte Männer.«

Der Pilot lachte. »Ihr Beruf ist mir wirklich fremd«, sagte er. »Aber vielleicht sollten Sie die Hängematte zum zentralen Thema Ihres Berichtes machen.«

»Wie das?« fragte die Frau.

»Für die Indios sind wir zwei außergewöhnliche Wesen, die durch die Luft zu ihnen kommen«, sagte der Mann. »Am Boden sind wir ihnen ähnlicher. Die Art, wie wir unsere Hängematten hängen, verrät ihnen, wie wir zueinander stehen.«

»In welchem Verhältnis soll ich zu Ihnen schlafen?« lachte die Frau.

Der Mann schüttelte den Kopf und schwieg.

Die Frau wischte ihm mit ihrem Taschentuch den Schweiß vom Hals. »Unser Sinn für Humor ist sehr verschieden«, sagte sie, »es lag nicht in meiner Absicht, Sie zu beleidigen.«

»Wo soll ich Ihre Hängematte festzurren?« fragte er.

»Neben Ihrer«, sagte sie. »Wo sonst?«

»Das wäre für die Indios fremder als fremd«, sagte der Pilot.

»Dann hängen Sie meinetwegen Ihre Matte oben hin und meine darunter«, sagte die Frau. »Mein Gott, das kann doch nicht so wichtig sein.«

»Doch«, sagte der Pilot. »Wenn Sie es zulassen, daß

ich meine Hängematte über Ihrer befestige, sind wir verheiratet.«

Die Frau stieß ein Lachen aus. »Jetzt hören Sie aber auf!«

Der Pilot sah auf die Borduhr. »Noch eine Stunde fünfzig Minuten und Sie befinden sich unter einem Dach mit Menschen, die auf diese Weise heiraten«, sagte er.

»Faszinierend«, sagte die Journalistin. »Der junge Mann geht zur Familie des Mädchens am anderen Ende des langen Daches, hockt sich ans Feuer und fragt die Eltern, ob er seine Hängematte aufspannen darf.«

Der Pilot rieb seinen Nacken an dem Eisenrand des Sitzes. »Durch Rom fließt ein anderer Fluß. Nicht der Tapajos. Das ist es eben.«

»Sie meinen, am Tapajos fragt man nicht erst lange?« sagte sie.

»Indiomädchen sind fast den ganzen Tag am Fluß«, sagte er. »Sie waschen Töpfe. Oder sie schwimmen. Es ist eine heiße Gegend. Und sehr staubig. Die Mädchen erfrischen sich am Fluß. Und wenn die Männer durstig sind, gehen sie auch zum Tapajos hinunter. Im Dorf sind keine Brunnen. Indianer kennen keine Wasserhähne. Wer durstig ist, schwimmt in die Mitte des Flusses und läßt sich das Wasser in den Mund laufen.«

»Erzählen Sie weiter«, bat die Frau. »Ich nehme an, der Junge und das Mädchen treffen sich oft am Fluß.«

»Ja«, sagte der Pilot. »Ab und an sprechen die beiden miteinander. Oder sie lächelt ihn an. Bei Dunkelheit hockt er vor seinem Feuer. Er sieht ihr zu, wie sie ihren Körper mit Öl einreibt. Sie wird zwölf Jahre alt sein. Vielleicht auch schon vierzehn. Der Bauch des

Mädchens ist noch flach, nicht so weit vorgewölbt wie bei den verheirateten Weibern. Sie hat kleine, harte Brüste. Bevor sie einschläft, dreht sie ihr Gesicht dem Feuer zu, an dem der Junge sitzt. Der Indio weiß, daß sie ihn mag. Er braucht sich keine Worte für die Eltern auszudenken. Wenn er sein Bündel nimmt und zu dem Mädchen geht, hat er keinen Bankauszug bei sich. Er sieht den Vater an und auch die Mutter. Dann knüpft er seine Hängematte über der des Mädchens fest. Falls das Mädchen sagt: ›geh fort von hier, ich will dich nicht‹, dann gibt es viel Gelächter unter dem langen Dach und der junge Mann muß warten, bis der Wind nach vielen Monden das Lachen fortgetragen hat. Erst dann kann er sich eine andere suchen.«

»Und wenn das Mädchen schweigt, zurrt er die Matte fest und die beiden sind verheiratet«, sagte die Frau.

»Richtig«, sagte der Pilot. – »Unter Ihrem Sitz ist eine Feldflasche. Mein Mund ist hart wie Stein vor Durst.«

Sie gab ihm die zerbeulte Flasche. »Whisky?« fragte sie.

»Wasser«, sagte er, »schon etwas abgestanden. Wollen Sie einen Schluck?«

»Nein, danke«, sagte sie. »Was geschieht, wenn ich meine Matte über Ihre Matte zurren würde?«

»Heiliges Ofenrohr!« lachte der Pilot, »das wäre vielleicht was!«

Die Frau lachte auch. »Hängen Sie Ihre Matte auf, wo Sie wollen«, sagte sie dann. »Von mir aus über mir im ersten Stock. Ich werde meinem Mann verschweigen, daß ich am Rio Tapajos durch einen Buschpiloten zur Bigamistin wurde.«

Der Pilot nahm seinen Schlapphut ab und wischte sich mit dem Ärmel die Stirn trocken.

»Nehmen wir an, ein Indio kommt nach Rom, um einen Artikel für das *Tapajos Tageblatt* zu schreiben«, sagte der Pilot. »Seine Frau läßt er bei den Kindern in Brasilien.«

»Ich sehe, daß Sie doch Humor haben«, sagte die Frau.

»Hören Sie gut zu«, sagte der Mann. »Der Indio läßt sich in Rom mit Ihrer Sekretärin trauen. Im Petersdom. Vom Papst. Er will die Sekretärin gar nicht haben. Er braucht nur Zugang zu Ihren Kreisen, Senhora. Deshalb heiratet er zum zweitenmal. Wenn er Rom verläßt, nimmt er sich vor, der Indiofrau daheim nicht zu erzählen, daß er in Rom von Berufs wegen zum Bigamisten wurde.«

»Sie sind ein Moralist«, sagte die Frau.

»Nein«, sagte der Pilot. »Empfindsam. Ebenso wie die Indianer.«

Die Frau schrieb ein paar Worte auf ihr Blatt und strich sie wieder aus. »Hat ein Indiomann das Recht auf viele Frauen?« fragte sie.

»Nein«, sagte er, »im Gegenteil. Die Leute sind eher monogam.«

»Das klingt schöner als Wahrheit«, sagte sie.

Der Pilot sagte nichts. Acht oder zehn Minuten später hörte er verwundert seiner eigenen Stimme zu. Er spürte die Hitze, die seinen Körper leicht machte und ihn träumen ließ, und er hörte sich sagen. »Es ist ein Paradies für Anspruchslose. Schwarze Bohnen,

Fische, Maniok, und eine wilde Frucht, die *Figi* heißt. Keine Autos, keine Cocktails, keine Kleider.«

»Sie haben den Schmuck vergessen«, sagte die Journalistin.

»Manche Mädchen tragen Ketten über ihren Brüsten«, sagte der Pilot. »Die verheirateten Frauen winden sich ein dünnes Band aus Bast um die Taille und zwischen den Beinen hindurch. Im Rücken steht das Band steil in die Luft wie ein kokettes Schwänzchen. Es sieht lustig aus.«

»Wie gut sind die Indiomädchen in der Hängematte?« fragte die Frau.

Der Mann schwieg.

»Es ist mein Beruf, Fragen zu stellen.«

»Das klingt nach Noten verteilen«, sagte der Pilot: »Gut in der Hängematte, besser, am besten.«

»Ernsthaft«, sagte die Frau, »es muß unbequem sein für die Indios, sich in Hängematten zu lieben.«

»Im Fluß gibt es Inseln«, sagte der Pilot, »und im Urwald ein paar Lichtungen.«

»Erzählen Sie mir von den Männern«, sagte die Journalistin.

»Sie schmücken sich mit Muscheln wie die Frauen, und um die Hüfte tragen sie auch ein Band aus Bast«, sagte der Pilot. »Bevor sie durch den Urwald laufen, wickeln sie sich gefärbte Baststreifen um die Waden. Als Schutz gegen die Dornen. Der Penis bleibt nackt und ungeschützt.«

»Merkwürdig«, sagte die Journalistin. »Warum wohl?«

Der Pilot hob die Schultern. »Es hat nichts zu bedeuten. Der Penis wird nicht zur Schau gestellt. Er wird auch nicht schamhaft versteckt. Er ist ganz einfach da. Wenn die Frau ihn will, kann sie ihn bekommen.«

Die Journalistin machte sich Notizen. »Haben die Indianer Pferde?« fragte sie.

»Nein«, sagte der Pilot. »Pferde würden ihnen gar nichts nützen in den dichten Wäldern. Wo sollten sie auch hinreiten?«

»Besuchen sich die Stämme niemals untereinander?« fragte die Frau.

»Selten«, sagte der Mann. »Wenn sie's tun, gehen sie zu Fuß. Oder sie nehmen ihre Einbäume. An solchen Tagen tragen sie einen Kopfputz. Gelbe und blaue Papageienfedern.«

Er nahm das Mikrofon vom Haken. »Belem Control. Papa Papa Delta Victor Yankee. Stundenreport. Neuntausend. Kurs Drei Null. Sonst nichts Neues. Habt Ihr was für mich?«

»Auch nichts Neues«, sagte die Stimme aus Belem im Lautsprecher. »Wer ist der Pilot auf Victor Yankee?«

»Hermann Roden«, antwortete der Mann.

»Ihr Flugplan weist Campo Kumaka als Ziel aus. Ist das richtig?« fragte Belem.

»Richtig«, sagte der Pilot.

Der Lautsprecher knackte und krachte und ein paar weit entfernte Stimmen sprachen mit anderen Flugplätzen und der Pilot war über das Schweigen verwundert. Er mußte lange warten.

»Die Tapajeros werden Sie vierteilen«, sagte Belem schließlich.

»Warum?« fragte der Pilot.

»Sind Sie der Mann, den die Zeitungen *Hermannos* nennen? Und der Ärger hatte mit den Indios am Campo Kumaka?«

Der Pilot sah eine Weile geradeaus. Dann drückte er auf die Sprechtaste. »Ja«, sagte er.

»Halten Sie es für richtig, sich da wieder sehen zu lassen?« fragte Belem.

»Ja«, sagte der Pilot.

»Sind Sie bewaffnet?« fragte Belem.

»Nein«, sagte Hermannos. »Haben Sie sonst noch etwas für mich?«

»Nein«, sagte die Stimme.

Der Pilot hing das Mikrofon an den Haken. Er sah das Radio eine Weile an. Dann schaltete er es aus.

Die Frau nahm ihre dunkle Brille ab. »Was hat das zu bedeuten?« fragte sie.

»Nichts«, sagte der Mann.

»Ich habe Angst«, sagte die Frau.

»Beruhigen Sie sich«, sagte der Pilot.

»Ich will wissen, was das zu bedeuten hat«, rief die Frau. »Ich habe ein Recht darauf!«

»Ja«, sagte er, »das haben Sie. Aber Sie brauchen sich wirklich nicht aufzuregen. Ich bin inzwischen wieder in der Lichtung am Fluß gelandet seit damals. Ich habe den Indios alles erklärt.«

»Was heißt das, *seit damals?*« fragte die Frau erregt. »Und was hatten Sie den Indios zu erklären? Entweder geben Sie mir eine Antwort auf meine Fragen, oder Sie bringen mich augenblicklich zum nächsten Flughafen zurück.«

»Ich gebe Ihnen Antwort«, sagte der Mann. »In der zweiten Feldflasche unter Ihrem Sitz ist Rum. Er ist für Notfälle an Bord. Nehmen Sie einen kräftigen Schluck. Es wird Ihnen guttun. Und mir gibt es Zeit, meine Gedanken zu ordnen.«

Die Frau fand den Rum und füllte den alten Schraubbecher bis an den Rand. Ihre Hände zitterten. Sie trank den Becher leer und füllte nach.

»Es ist drei Jahre her«, sagte der Pilot, »ich war auf dem Heimweg von Peru und suchte eine Lichtung im Wald zur Zwischenlandung. Auf dem Rücksitz hatte ich ein Faß Benzin. Ich mußte es umpumpen in die Flächentanks. Außerdem war ich müde. Ich brauchte eine Wiese für die Nacht. An jenem Abend fand ich die Lichtung, zu der ich Sie jetzt bringe. Ich bin der erste gewesen, der da runtergegangen ist. Da bin ich ziemlich sicher. Später gab man ihr den Namen *Campo Kumaka.* Man hätte sie eigentlich nach mir benennen sollen. Weiß der Teufel, wer dieser Kumaka gewesen ist. Klingt japanisch, finden Sie nicht?«

»Wollen Sie auch einen Schluck?« fragte die Frau. »Vielleicht brauchen Sie einen für Ihre Geschichte.« Sie gab sich Mühe mit ihrem Lächeln.

»Nein, danke«, sagte der Mann. »Die Tapajeros bestaunten mich und mein Flugzeug. Sie nahmen mich freundlich auf. Fast ehrerbietig. Ich war für sie der Vogelmensch. Eine Art Halbgott. Linienflugzeuge, die in großen Höhen fliegen und weiße Streifen in das Blau des Himmels schneiden, hatten sie schon oft gesehen und herumgerätselt, warum die Silberpunkte nicht zur Erde stürzten. Ich war der erste Vogelmensch, der sich zu ihnen hinabbegab. Am nächsten Morgen flog ich weiter. Der ganze Stamm kam zurück zu mir zur Wiese. Schweigend standen sie am Rande des Urwalds, Männer, Frauen, Kinder. Und auch ein paar Hunde. Sie sahen dem Vogelmenschen zu, der viel Lärm machte und einen Sturm durch das Gras peitschte und sich in den Himmel hob. Niemand winkte. Ein paar Wochen später landete ich zum zweitenmal bei ihnen. Wieder standen alle am Waldrand. Sie führten mich in ihr Dorf und gaben mir einen Platz unter ihrem Dach. Ich hatte nur meine Ferien am Tapajos verbringen wollen – aber ich blieb Monate. Eine glückliche Zeit. Unbeschwert. Gesund. Kein Tabak und kein Alkohol. Auch später, in den Städten, schmeckte mir der Scotch nicht mehr. Und eine Zigarette habe ich seitdem nicht wieder in die Hand genommen.«

»Faszinierend«, sagte die Frau. »Und Sie haben die Sprache gelernt?«

»Ja«, sagte der Pilot.

»Können Sie mit Pfeil und Bogen umgehen, seit damals?« fragte die Journalistin.

Der Pilot nickte.

»Und einen Einbaum bauen und fischen?«

»Ja«, sagte der Pilot.

Die Frau schraubte die Feldflasche zu. »Sind Sie auch in Gefahr geraten? Das Leben am Tapajos klingt fast zu paradiesisch.«

Der Mann dachte nach. »Es gibt Stammesfehden«, sagte er dann. »Ein Stamm, der flußaufwärts lebt, greift manchmal an.«

»Warum?« fragte die Journalistin.

Der Pilot zuckte die Achseln. »Eine tiefsitzende Feindschaft. Niemand weiß, wer sie begonnen hat«, sagte er. »Nicht viel anders als in Europa. Denken Sie nur an Frankreich und Deutschland. Drei Kriege in siebzig Jahren.«

Die Frau schrieb alles auf.

»Erzählen Sie weiter«, sagte sie. »Kam der Angriff unerwartet?«

»Nein«, sagte der Pilot und sah aus dem Fenster. »Da unten geschieht so gut wie niemals etwas unerwartet.« Er legte seine rechte Hand über die linke auf den Halbmond der Steuersäule und empfand glücklich das Vibrieren des Motors in seinen Fingerspitzen. »Die Feinde ließen sich mit ihren Booten bei Sonnenuntergang bis auf wenige Kilometer an das Dorf herantreiben«, sagte er. »Die Nacht verbrachten sie im Wald. Meine Freunde zeigten mir den Kampfplatz. Die Schlacht war für Sonnenaufgang angesetzt.«

»Wieso das?« fragte die Journalistin.

»Tradition«, sagte der Pilot. »Immer der gleiche Kampfplatz. Und immer bei Sonnenaufgang.«

»Das klingt wie ein Märchen aus einer anderen Zeit«, sagte sie.

»Ja«, sagte er, »heute vor ein paar tausend Jahren.«

»Wie ist der Kampf ausgegangen?« wollte die Frau wissen.

»Unblutig«, sagte der Mann und lachte. »Wir haben Bambusrohre gespalten. Wie Regenrinnen, verstehen Sie? Dann haben wir die Bambusrinnen im Gras versteckt, nachts, auf der Südseite des Kampfplatzes. Und wir schafften Benzin herbei. Von meinem Flugzeug. Bei Sonnenaufgang stellten sich die Braven auf beiden Seiten auf. Ich ließ Benzin durch die Bambusrinnen laufen. Als die Gegner im Süden ihre

Bogen spannten, warf ich ein Streichholz in die Rinne. Eine Wand aus Feuer stieg vor den Angreifern auf. Das Feuer verschluckte ihre abgeschossenen Pfeile. Es machte die Verteidiger unsichtbar. Die Flammen fraßen sich durch das dürre Gras. Büsche gingen in Flammen auf. Der Wald wurde zum Inferno. Die Krieger der anderen Seite warfen ihre Bogen fort und rannten zu den Booten. Sie haben sich nicht wieder sehen lassen.«

Der Pilot nahm den Filzhut ab. Er fuhr sich mit beiden Händen durch sein verschwitztes Haar. Die Journalistin sah von ihrem Notizblock auf. »Ist das die Geschichte, die Schlagzeilen machte?« fragte sie.

»Nein«, sagte er und atmete die heiße Luft der Kanzel tief in seine Lungen. »Ich habe damals ein Indiomädchen geheiratet.«

Er sah, daß der rechte Tank dreiviertel leergeflogen war, und schaltete auf den linken um. Er hörte dem gleichmäßigen Dröhnen des Motors zu und ließ der Journalistin Zeit.

»Das ist ja toll«, sagte sie leise. »Unter dem langen Dach am Fluß?«

»Ja«, sagte er.

»Sie haben Ihre Hängematte über der des Mädchens festgezurrt?«

»Ja.«

»Und?« fragte sie.

Der Pilot sah die Frau nicht an. »Es war eine glückliche Zeit«, sagte er.

»Wie ist der Name des Mädchens?« fragte sie.

»Itapa«, sagte er.

»Wie schreibt man das?« fragte sie.

»Wie man es spricht«, sagte er.

»Sie ist sicher noch sehr jung gewesen«, sagte sie.

»Ja«, sagte er.

»Würden Sie sie als gutaussehend beschreiben?« fragte die Journalistin.

»Ja«, sagte der Pilot. »Ich glaube schon.«

Die Frau kaute auf ihrem Bleistift. »Soll ich die Geschichte zuende erzählen?«

Der Mann sah geradeaus.

»Eines Tages hatten Sie genug von dem Mädchen am Fluß«, sagte die Frau. »Sie wollten in Ihre eigene Zivilisation zurück. Klammheimlich sind Sie davongeflogen. Sie haben Ihre Indiofrau verlassen, wie seinerzeit Gauguin seine Vahina verließ. Und seitdem sind die Indios verfeindet mit dem Vogelmenschen. Deshalb sagte der Mann aus Belem vorhin am Radio, Sie sollten lieber bewaffnet am *Campo Kumaka* landen.« Sie sah ihn von der Seite an. »Ist es so?«

»Nein«, sagte der Mann, »so einfach ist es nicht zugegangen.« Er fuhr sich mit der Hand durchs Gesicht. »Ich bin in meine Welt zurückgeflogen. Das ist richtig. Aber ich habe das Mädchen mitgenommen.«

»Faszinierend«, sagte die Journalistin.

»Die Indios haben mich angefleht, Itapa nicht mitzunehmen. Das Leben auf der anderen Seite des Flusses ist rätselhaft für sie. Voller Gefahren. Wer sich dort hin wagt, kommt nicht mehr zurück. Ich habe nicht auf die Männer gehört. Niemand ging mit uns zum Flugzeug. Beim Start stand niemand mehr am Waldrand. Ich flog noch einmal tief über die langen Dächer. Die Indios lagen bei ihren Feuern und sahen nicht zu uns auf. Itapa hat es nicht bemerkt. Sie hockte verängstigt auf dem rechten Sitz und hielt sich die Ohren zu. Der Lärm des Motors muß ihr Schmerz verursacht haben. Ein oder zwei Stunden später ging es besser. Wahrscheinlich kann ein Mensch sich auch an Angst gewöhnen.«

»Wohin sind Sie mit ihr geflogen?« fragte die Journalistin.

»Nach Rio«, sagte der Pilot. »Ich wohnte damals dort. In der Nähe des Flughafens.«

»Wie die Stadt wohl auf Ihre Frau gewirkt hat?« sagte die Journalistin. »Hohe Häuser, Autos, Straßenbahnen, Asphalt, Radio, Fernsehen, was weiß ich. Man stelle sich das nur mal vor!«

»Ja«, sagte der Pilot, »es muß schlimm für sie gewesen sein.«

»Wie war es nach der Landung in Rio?« fragte die Journalistin.

»Der Weg vom Flugzeug zum Auto war Spießrutenlaufen«, sagte der Pilot. »Ich hatte Itapa eine Decke umgehängt. Aber sie wollte die Decke nicht haben. Sie ließ die Decke hinter sich her über den Beton des Vorplatzes schleifen. Itapa hielt meine Hand fest umklammert und starrte die vielen blassen Gesichter an. Die Gesichter starrten zurück. Nicht jeden Tag wird eine Frau nackt durch den Flughafen von Rio geführt, verstehen Sie? Selbst die Polizisten waren sprachlos. Ich habe Itapa in die Decke gewickelt und sie zum Parkplatz getragen.«

»Es hat Sie gestört, daß andere Männer Ihre Frau unbekleidet anstarren konnten«, sagte die Journalistin.

»Nein«, sagte der Pilot, »darum ging es keineswegs.

Es ist eine geographische Frage, verstehen Sie das nicht?«

»Nein«, sagte die Journalistin.

»Am Fluß oder im Wald war Itapa auf andere Weise nackt als in der Stadt«, sagte der Pilot.

Die Journalistin lachte auf. »Sie bringen mich zum Tapajos und wollen, daß ich mich ausziehe. Und wenn Sie Ihre Frau nach Rio fliegen, wollen Sie, daß sie sich anzieht«, sagte sie. »Mit anderen Worten: Sie sind ein Konformist.«

»Möglich«, sagte der Mann. »Möglich, daß Sie mich so nennen können.«

»Als nächstes haben Sie Ihre Frau vermutlich durch die Boutiquen geschleppt und Kleider gekauft«, sagte die Journalistin.

Der Mann nickte.

»Das muß ein großer Spaß gewesen sein«, sagte sie.

»Nur für mich. Nicht für das Mädchen«, sagte der Mann. »Das ist es ja eben. Alles war ein großer Spaß. Aber nur für mich.«

»Warum?« fragte die Frau.

»Die Presse wurde aufmerksam«, sagte der Mann. »Fotografen kamen an den Strand, wenn wir schwimmen gingen. Das Fernsehen brachte Interviews mit uns. Wir machten Schlagzeilen. Über Nacht waren wir berühmt. Ich fühlte mich wichtig. Ein neues Leben hatte angefangen. Für mich. Itapa verstand nicht, was mit ihr geschah. Ich habe mich schuldig gemacht.«

Die Frau schrieb jeden seiner Sätze mit.

»Zwei Wochen später war Itapa krank. Sie hatte hohes Fieber. Mein Hausarzt wußte keinen Rat. Seine

Mittel halfen nicht. Das Mädchen war nur noch selten bei Bewußtsein. Ich brachte sie ins Hospital. Es war, als wären alle Krankheiten der Welt über Itapa hergefallen. Die Ärzte taten, was sie konnten. Es war zu spät. Selbst die Intensivstation konnte das Mädchen nicht mehr retten.«

Die Frau hatte aufgehört zu schreiben.

»Ich habe Itapa in Rio begraben. Dann bin ich zum Tapajos geflogen. Die Indios kamen zu der Wiese, die heute *Campo Kumaka* genannt wird. Sie sahen, daß der Sitz neben mir leer war. Es hat sie nicht überrascht. Ich habe Itapas Eltern erzählt, was geschehen war. Sie haben mir kaum zugehört. Für sie war die Tochter schon lange tot. Sie war gestorben, als sie mit mir über den Fluß geflogen war.«

Die Frau lehnte sich in den Zeltplanesitz zurück. Die Sonne stand am höchsten Punkt des Himmels. Selbst das Grün des Urwaldes sah in dieser Helligkeit verwaschen aus.

»Die Indios könnten sagen, ich hätte Itapa umgebracht«, sagte der Mann.

»Seien Sie nicht kindisch«, sagte die Frau.

»Ich bin schuld an ihrem Tod«, sagte er. »Da gibt es keinen Zweifel. Trotzdem hat mich niemand zur Rechenschaft gezogen. Ich habe das Mädchen abgeholt aus der Welt ihrer Eltern. Aus ihrem Land. Und ich habe sie nicht zurückgebracht. Niemand hat mich angeklagt. Indios haben keine Staatsanwälte.«

Er suchte nach der Fliegerkarte. Sie war ihm schon wieder von den Knien gerutscht. Die Frau hob sie vom Boden auf. Der Pilot verglich die Karte mit der Wirklichkeit dreitausend Meter unter ihm.

»Der Fluß da vorn«, sagte er, »das ist der Tapajos. Noch ist es Zeit, abzudrehen.«

»Nein«, sagte die Frau, »ich möchte, daß Sie dort landen.«

Der Pilot nahm das Mikrofon. »Papa Papa Delta Victor Yankee an Belem Control. Habe Campo Kumaka in Sicht. Echo Tango Alpha Null Fünf. Habt Ihr was Neues?«

»Nein«, sagte Belem im Lautsprecher, »nichts Neues. Wann starten Sie wieder?«

Der Pilot sah seinen Passagier fragend an.

Die Frau sah verwirrt geradeaus. Sie hob die Schultern. »Ich weiß es nicht«, sagte sie. »Muß ich das jetzt sofort entscheiden?«

Der Mann drückte auf die Sprechtaste. »Nächster takeoff Victor Yankee noch unklar«, sagte er.

»Das kann ich mir vorstellen«, sagte Belem. »Melden Sie sich täglich über Frequenz 138,5.«

»Victor Yankee«, sagte der Pilot bestätigend. Er schaltete das Radio aus.

»Was werden Itapas Eltern sagen, wenn sie mich hier neben Ihnen sitzen sehen?«

»Nichts«, sagte der Mann. »In der Welt da vorn wird nicht viel gesprochen.«

Er nahm den Gashebel etwas zurück und trimmte die Maschine neu aus. »Bitte, schnallen Sie sich wieder an«, sagte er.

»Was werden Sie als erstes tun, wenn wir angekommen sind?« fragte die Frau.

»Weit in den Fluß hinausschwimmen, mich auf den Rücken legen und viel kühles, klares Wasser trinken«, sagte der Mann.

Orwill

Es war weit nach Mitternacht. Orwill wollte gehen, aber Al und Hank ließen das nicht zu.

»Five Card Stud«, sagte Al. »Jetzt geht's erst richtig los.«

Orwill schüttelte den Kopf. »Beim Pokern mit offenen Karten verläßt mich jeder Krümel Glück.«

Hank verteilte die Karten. »Du hast genug Glück gehabt für einen Abend.«

»Ja«, sagte Al. »Vor dir liegen vierhundert Dollar. Hanks greenbacks. Und meine.«

Als nur noch dreißig Dollar vor ihm lagen, stand Orwill endgültig auf. Hank und Al sagten nicht, er solle sitzenbleiben. Sie hatten sich ineinander verbissen. Al lachte. Er gab Hank zwei Königinnen offen. Orwill steckte die dreißig Dollar ein und ließ sich von Hanks Frau den Mantel geben.

»Es schneit ohne Unterlaß«, sagte sie. »Ein Blizzard.«

Hank hatte sie erst vor ein paar Wochen geheiratet. Die Frau war hübsch; doch Orwill mochte sie nicht. ›Ich würde sie nicht mal nach New Jersey mitnehmen‹, dachte er, ›so übers Wochenende in ein Motel. Weil sie ein Teaser ist. Sie verspricht, was sie nicht halten will. Ein Feuer ohne Flammen. Nur Rauch.‹

»Orwill«, sagte die neue Frau von Hank.

»Ja«, sagte er, »Sie wollen wissen, wo der Name herkommt.«

Sie warf den Kopf zurück und lachte.

»Otto, Richard, Wilhelm, Ludwig Lehmann«, sagte er.

»Das sind viele Namen«, sagte sie.

»Mein Großvater hieß Otto«, sagte er. »Die anderen Namen habe ich von den Brüdern meines Vaters mitbekommen. Und Lehmann ist der Familienname. Als ich für die *Frankfurter Allgemeine* zu schreiben begann, habe ich den Namen gekürzt. Die Anfangsbuchstaben, verstehen Sie? O-R-W-I-L-L.«

»Originell«, sagte die Frau von Hank.

Die Fahrt nach unten dauerte nur Sekunden. Liftboys gab es nicht um diese späte Stunde. In der Halle stand ein Weihnachtsbaum. Er sah bunt und vergessen aus.

An der Ecke von Madison und 64 East hob eisiger Wind Zeitungen auf und fegte sie, mit Schnee verwirbelt, nach Westen. Orwill folgte den Zeitungen, weil er den Wind im Rücken haben wollte. Der Wind in diesen Schluchten hoher Häuser macht aus Ohren Glas. Kristall. Gefühllos. Stoß nicht an, oder es bricht die Nase ab.

Orwill wunderte sich über die wenigen Autos in der 64. Straße. Taxis hörten sich leise an. Sie färbten den Schnee schwarz. Und der Schnee half ihnen, den Lärm tot zu machen.

Auch auf der Fifth Avenue war kaum was los. Der Park gegenüber war dunkel. Nur im Zoo brannten zwei, drei Laternen. Die Tiere schwiegen. Orwill dachte an die Giraffen. Ob Giraffen frieren?

Der Türsteher unter dem Baldachin des *Old World Club* hatte den Mantelkragen hochgeschlagen.

»Morgen, Korporal«, sagte Orwill.

»Morgen, mein Junge.« Er stampfte seine Füße auf den roten Teppich. »Ich bin nie Korporal gewesen.«

»Ihr Kollege vor dem *Plaza Hotel* da drüben hat rote Aufschläge an seinem Mantel. Und goldene Schnüre um die Schultern«, sagte Orwill. »Im Vergleich zu Ihnen ist er General.«

»Dies ist ein vornehmer Club«, sagte der alte Mann. »Wir stapeln tief.«

Am Straßenrand standen schwarze Limousinen. Cadillacs, Lincolns und ein Rolls Royce. Aus den Auspuffrohren stiegen kleine Wolken, weiß und verletzbar in die Kälte der Nacht. Bevor sie die Rückfenster der Wagen erreichten, gaben sie sich selber auf. Die Chauffeure, die in den Autos saßen, waren nicht zu erkennen. Beschlagene Scheiben verhinderten den Blick nach innen.

»Wer ist heute da?« fragte Orwill.

Der Korporal deutete mit dem Kopf auf den Rolls. »Exxon«, sagte er. »Der Lincoln davor ist General Electric.«

»Und die anderen?«

»Dupont, ITT, General Dynamics, Ford, Lockheed, was weiß ich.«

»Das Conglomerat«, sagte Orwill.

»Ja«, sagte der Korporal. »Die Herren der Welt.«

»Ist was besonderes los?«

»Das Übliche«, sagte der Korporal, »sie spielen Schach im Ahornzimmer, stehen vor dem Kamin und versuchen sich gegenseitig auf die Schliche zu kommen.«

»Das würde ich auch gern«, sagte Orwill.

»Was?«

»Auf ihre Schliche kommen.«

Der Korporal lachte. »Das haben viele schon gewollt.« Er sah den jungen Mann verkniffen an. Aus Orwills Augen liefen Tränen. Er wischte sie mit dem Handrücken fort.

»Der kalte Wind«, meinte Orwill.

»Korrespondenten sahen früher anders aus«, sagte der Korporal.

»Tatsächlich?« sagte Orwill.

»Älter«, sagte der Korporal, »trauriger.«

Orwill gab ihm eine Zigarette.

»Deutsche Korrespondenten«, sagte der Türsteher, »Emigranten. Meistens Juden. Sie hatten sich bis New York durchgeschlagen. Anfangs gab es noch deutsche Zeitungen, für die sie berichten konnten. Doch das hörte sehr bald auf.« Er zog an seiner Zigarette. »Einer von ihnen hat mir mal erzählt, er müsse sich schweizer Redaktionen suchen. Das war 1934.«

Wind trieb Schnee in die Gesichter der beiden Männer.

»Wieviele Zeitungen kann es wohl gegeben haben in der Schweiz?« fragte der Korporal.

»Wenige«, sagte Orwill.

»Hab' ich mir gedacht.«

»Einige in deutscher Sprache«, sagte Orwill, »die anderen auf italienisch oder französisch.«

»Tatsächlich?«

»Ja«, sagte Orwill. »Wie geht es Giselle?«

»Gut, wie immer, glaube ich«, sagte der Türsteher. »Sie wartet auf Sie. Hinter ihren Mänteln. Warum gehen Sie nicht nach Hause und wärmen das Bett an? Sobald Giselle fertig ist, setze ich sie in ein Taxi.«

Orwill sah zum Central Park hinüber. »Glauben Sie, daß Giraffen frieren?«

Der alte Mann kniff die Augen zusammen.

»Da drüben im Zoo«, sagte der Jüngere.

»Wie kann ich das wissen?« sagte der Korporal. Er rauchte und mußte husten. »Als der Krieg zuende war, fingen die Emigranten wieder an zu schreiben.«

»Ja«, sagte Orwill. »Einige habe ich noch gekannt.«

»Sind sie tot?« fragte der Korporal.

»Nicht alle«, sagte Orwill. »Nur alt geworden. Sie arbeiten nicht mehr.«

»Geizig sind sie gewesen«, sagte Korporal. »Wie oft haben sie hier neben mir gestanden und nach dem Conglomerat gefragt.«

Orwill lachte.

»Von ihren Dollars haben sie sich nicht trennen wollen«, sagte der Korporal.

»Wahrscheinlich waren sie selber knapp«, sagte Orwill.

»Sie sind der Nachfolger«, sagte der Korporal. »Ein anderer Schlag von Korrespondent. Sie werden es weit bringen.«

»Kaum«, sagte Orwill, »heute abend waren es nur dreißig Dollar. Hier ist die Hälfte.«

Der Türsteher nahm den Zehner und den Fünfer. Er öffnete die Tür zum Club. »Über das Conglomerat kann ich trotzdem kaum was sagen.«

»Das hab' ich mir gedacht«, sagte Orwill.

Die Wände der Halle waren getäfelt. Giselle nahm Orwill den Mantel ab. »Es ist noch früh.«

»Wie früh?«

»Kurz nach eins«, sagte sie. »Wann kaufst du dir endlich eine Uhr?«

»Nie«, sagte Orwill. »Die Uhr, die du in ein paar Tagen unter dem Christbaum finden wirst, muß für uns beide reichen.«

»Was hast du gegen Uhren?«

»Die Zeit«, sagte Orwill. »Sie schneidet meine Gedanken ab. Weil sie ständig mahnt. Meine Gedanken wollen sich zu Ende denken. Die Zeit schenkt mir Zeit zum Denken. Die Uhr nicht.«

»*Je t'adore*«, sagte Giselle. »Komm hinter meine Mäntel.«

»Nein«, sagte er, »seit Monaten sitz' ich hinter den Mänteln von ITT, Exxon und General Dynamic.«

Giselle lachte. »Du hast Glück, daß ich nicht Barfrau bin.«

Vom Ahornzimmer her kam ein Butler in die Halle. »Hey, Orwill«, sagte er. »Wie geht's denn so?«

Die Frage war nur eine Floskel. Er wollte keine Antwort. »Das Ahornzimmer braucht Zigarren«, sagte er zu Giselle. Sie gab ihm den Bauchladen.

»Geh du rein«, sagte der Butler, »du hast hübschere Beine.«

»Wenn Sie wollen, verkaufe ich den Herren die Zigarren«, sagte Orwill.

»Das fehlte noch«, sagte der Butler. Er hinkte ein wenig und schloß die Tür sehr leise.

»Ich habe das Buch für dich gelesen«, sagte Giselle. *»L'homme changé par l'homme.«*

»Gut«, sagte Orwill. »Wie würdest du den Titel übersetzen?«

»Der Mensch verändert durch den Menschen.«

»Ist, wird, oder wurde?«

»Der Mensch?« fragte Giselle.

»Ist er bereits verändert, oder wird der Mensch den Menschen jetzt verändern?«

»Eine gewisse Veränderung hat bereits stattgefunden.« Giselle holte das Buch unter dem Garderobentisch hervor. »Der Autor ist Arzt, Wissenschaftler, Mitglied der Académie des Sciences und der Académie Française. Das kommt selten vor. Jean Bernard. Er scheint ein guter Katholik zu sein.« Giselle blätterte in dem dünnen, blauen Band. »Er schreibt, Menschen können jetzt schon Menschen schaffen, künstlich, im Labor.«

»Schnee von gestern«, sagte Orwill. »Das erste Baby aus der Retorte ist schon zwei Jahre alt, in England. Ich hab' es neulich laufen sehen. In den Nachrichten auf Kanal 2.«

»Jean Bernard schreibt, wir werden schon sehr bald die Begriffe Liebe und Fortpflanzung voneinander trennen müssen«, sagte Giselle.

»Schade«, sagte Orwill.

»Warum?«

»Ich kenne ein paar Väter. Sie sagen, die einzige Freude, die sie jemals an den lieben Kleinen hatten, war das Schwängern der Mütter.«

Giselle fuhr sich mit beiden Händen durch ihr Haar. Schwarz und kurzgeschnitten. Manchmal sah Giselle wie ein kleiner Junge aus.

»Du bist eigentlich recht schrecklich«, sagte sie. »Ich möchte wissen, was mir an dir gefällt.«

»Der weitgehende Mangel an Lüge«, sagte er.

»Tatsächlich?«

»Ja«, sagte Orwill, »mein Problem ist, daß ich nur sehr schwer lügen kann.«

»Auch wenn du schreibst?«

»Ja«, sagte er. »Die letzten drei Artikel sind nicht gedruckt worden.«

»Was machst du, wenn deine Redaktion dich feuert?« fragte Giselle.

»Weiß nicht«, sagte Orwill. »Vielleicht lege ich mich auf eine Wiese und rieche an den Blumen. Wie Ferdinand.«

»Wer ist Ferdinand?«

»Ein Stier. In Spanien. Er hatte keine Lust, gegen einen Torero anzutreten. Der Torero hatte einen Degen und viele Helfer.«

Giselle lachte. Sie legte ihren Kopf auf den Garderobentisch. Die Spitzen ihrer schwarzen Haare reichten bis zu ihren Lippen. Ihr Hals war lang und dünn.

»Jean Bernard schreibt, es wird nicht mehr lange dauern und Menschen können einen neuen Mozart schaffen«, sagte Giselle.

»Weiter«, sagte Orwill, »jetzt bist du bei dem Thema, das ich hören will.«

»Orwill«, sagte sie, »du nutzt mich aus.«

»Ja«, sagte er. »Wenn ich französisch sprechen würde, hätte ich das Buch schon längst allein gelesen.«

Giselle zündete sich ein Zigarillo an.

›Wenn es etwas gibt, was mich an ihr stört, dann sind das diese Zigarillos‹, dachte Orwill. ›Nicht nur ihre Lippen schmecken nach dem Rauch. Ihr Haar riecht danach. Und ihr Körper.‹ Orwill fand einen Ledersessel, den es in dieser Halle sicher schon seit hundert Jahren gab.

»In dem Buch wird nachgewiesen, daß es Wissenschaftlern schon in naher Zukunft möglich sein wird, Weltmeister im Weitsprung zu schaffen.« Sie zog den Rauch des Zigarillos tief in ihre Lungen. »Oder einen neuen Hitler.«

Orwill nickte. »Ich brauche eine Übersetzung der entscheidenden Kapitel dieses Buches.« Er stand auf und ging zum Weihnachtsbaum hinüber. »Wenn du willst, dann übersetze ich dir auch Martin Luthers Bibeltexte als Zeichen meiner Dankbarkeit.«

Giselle lachte. *»C'est très gentil.«*

»Erzähl weiter«, sagte Orwill.

Giselle suchte eine bestimmte Stelle in dem Buch. »Es wird die Frage gestellt, ob wir die Suche nach der Weisheit aufgeben sollen.«

»Nein«, sagte er. »Auf keinen Fall.«

Sie schlug eine andere Seite auf. »Wenn wir die Erkenntnisse dieses Jahrhunderts und des nächsten zu einem Ende bringen – wonach richten wir die freigewordenen Kräfte aus?« Sie sah ihn aufmerksam an.

»Schwierige Frage«, sagte er.

»Wenn die Mediziner nicht aufgeben wollen zu forschen, müssen wir sie dann töten?«

»Auf keinen Fall die Forscher«, sagte er, »allenfalls die Kreaturen aus der Retorte.«

»Der Gedanke ist faschistisch«, sagte Giselle.

»Nein«, sagte Orwill, »der Gedanke ist ein paar hundert Jahre älter als der Faschismus.«

»Das mußt du mir erklären«, sagte Giselle.

»Wissenschaftler haben das Recht, ihre Kreaturen zu zerstören.«

»Nein«, sagte sie.

»Das war schon immer so«, sagte er. »Denk an den Golem. Oder an Frankensteins Monster.«

»Das ist Mystik«, sagte sie, »Legende.«

»Mystik und Zukunft sind Verwandte«, sagte Orwill.

»Der Golem war eine Figur aus Lehm«, sagte Giselle.

Orwill nickte. »Ein Rabbiner aus Prag hat ihm Leben eingehaucht. Als er den Menschen zur Bedrohung wurde, mußte der Rabbi den Golem vernichten. Das gleiche gilt für Frankensteins Monster.«

Giselle sah ihn nachdenklich an.

»Im Grunde ist die Atombombe eine Art von Golem«, sagte Orwill. »Sie ist über uns hinausgewachsen. Trotzdem haben wir ihre Erfinder nicht getötet.«

»Nein«, sagte Giselle, »aber den neuen Golem auch nicht.«

»Leider«, sagte Orwill, »wir haben ihn vervielfacht.«

Der hinkende Butler öffnete die Tür des Ahornzimmers. Drei ältere Herren ließen sich in ihre Mäntel helfen. Keiner beachtete Giselle. Einer von ihnen sah Orwill beim Christbaum stehen. »Sicherheitsbeamter?« fragte er.

Orwill schüttelte den Kopf. »Journalist.«

»Was Sie nicht sagen«, murmelte der Mann und folgte den anderen durch die Tür nach draußen in die Kälte.

»Keiner der Männer hat dich angesehen«, sagte Orwill.

Giselle zog die Schultern hoch.

»Hat dich noch keiner abgeschleppt?« fragte er.

»Versucht«, sagte sie.

»Und?«

Giselle lachte. »Ich bin schon länger informiert über den direkten Zusammenhang zwischen Liebe und Fortpflanzung.« Sie drückte ihr Zigarillo aus. »Außerdem glaube ich, daß diese Art von Mann gar keine Kinder machen kann. Die Befruchtung der Gattin findet per Kanüle statt.«

Orwill lehnte sich an die Wand. »Ich werde ein Buch schreiben«, sagte er. »Du hast mir eine Idee gegeben. Du und Jean Bernard.«

»Erzähle«, sagte Giselle.

»Die Geschichte beginnt 1945«, sagte Orwill, »kurz vor dem Tod des Präsidenten Roosevelt. Das Conglomerat sitzt da drüben im Ahornzimmer vor dem Kamin. Niemand spielt Schach. Keiner lacht. Die Herren haben Sorgen.«

»Es müssen die Vorgänger der Männer da drin gewesen sein«, sagte Giselle. »1945 ist zu lange her.«

Orwill winkte ab. »Sie haben die Zeit vor sich hergeschoben. Sie haben die Welt vor sich hergeschoben. Möglich, daß der eine oder andere verstorben ist. Oder er wurde entlassen, ersetzt durch einen Mann mit Ellenbogen, und befindet sich seither gut bezahlt im Ruhestand.«

»Möglich«, sagte Giselle. »Weiter.«

»Die Herren der Welt wälzen ein Problem.«

»Welches?«

»Roosevelt ist schwer krank. Sein Nachfolger wird Truman heißen.«

»Und?«

»Das Conglomerat hält nicht viel von ihm. Er gilt als schwach.«

»Ich glaube nicht, daß Truman schwach gewesen ist«, sagte Giselle.

»Keineswegs«, sagte Orwill. »Doch darum geht es nicht.«

»Sondern?«

»Das Conglomerat macht sich Sorgen um die internationalen Absatzmärkte unter einem oder mehreren schwachen Präsidenten. Churchill heißt der Mann ihres Herzens. Churchill würde sofort bei Kriegsende kehrtmachen und die Sowjets angreifen. Ein für allemal Schluß mit den Bolschewiken! Das wär's gewesen! Doch leider läßt sich ein Ausländer wie Churchill nicht zum Präsidenten der Vereinigten Staaten machen. Laut Verfassung geht das nicht. Außerdem ist Churchill schon zu alt.

Die Herren machen Pläne und verwerfen sie wieder. Dann hat einer von ihnen die Idee des Jahrhunderts. Er bittet seine Freunde um Aufmerksamkeit.

›Der Krieg ist schon jetzt gewonnen und wird in wenigen Wochen beendet sein‹, sagt er. ›Es steht jedoch zu befürchten, daß unsere Landsleute sich in dem Sieg sonnen werden, den ihre Söhne und unsere Rüstungsindustrie erkämpft haben. Schon andere große Kulturen sind an Selbstgefälligkeit zugrunde gegangen.

Überheblichkeit und Bequemlichkeit nach einem gewonnenen Krieg sind gefährliche Ratgeber. Das Gebot der Stunde heißt: Umstellen der eigenen Industrie, Ausbau der durch unsere Truppen eroberten Märkte, wirtschaftliches Wachstum und Vertrauen der Welt in die Qualität der in den USA hergestellten Waren und Waffen.

Es ist nicht anzunehmen, daß die nächsten Präsidenten der Vereinigten Staaten aus den zwingenden Bedürfnissen heraus gewählt werden, die durch Krisen entstehen. Zumindest nicht in allzu naher Zukunft. Unsere Landsleute werden in den nächsten Dekaden geneigt sein, die Politiker ins Weiße Haus zu wählen, die ihnen ein bequemes Leben und Wohlstand verheißen. Epochen der Schwäche unserer Nation waren meist von schwachen Präsidenten begleitet. Es besteht für mich kein Zweifel: wir treiben Zeiten des Eigennutzes und der Verwirrung entgegen.‹«

»Das ist unmöglich«, sagte Giselle. »Keiner dieser Männer hätte vor über dreißig Jahren soviel voraussehen können.«

»Gib mir meinen Mantel«, sagte Orwill. »Ich werde meine Geschichte dem Schutzmann an der Ecke erzählen. Er ist nicht so verbildet wie du.«

»Bleib hier«, sagte Giselle. »Ich höre dir zu.«

»Also gut«, sagte Orwill. »Nach dieser langen Einleitung kommt der Mann vor dem Kamin endlich zu seinem Vorschlag: ›In absehbarer Zeit werden wir nicht eingreifen können, meine Freunde, für die achtziger Jahre unseres Jahrhunderts jedoch habe ich die Lösung zur Hand: Wir schaffen uns selbst den Präsidenten nach Maß, der die Geschicke dieser Nation und damit der Welt in seine Hände nimmt.‹

›Hört! Hört!‹ rufen einige und jemand fragt: ›Wie soll das geschehen?‹

›In einer unserer Tochtergesellschaften haben wir ein hochentwickeltes Labor eingerichtet‹, sagt der Mann am Kamin, ›dort arbeitet seit Jahren ein Wissenschaftler an der Veränderung des Menschen. Anfangs habe ich ihn nicht ernst genommen, obgleich er auf vielen Gebieten promoviert hat. Medizin, Chemie, Physik. Sein Vater war ein enger Freund von mir. Er lebte in Deutschland. Die Familie wurde von den Nazis verfolgt. Nachdem sie geflohen waren, habe ich ihnen eine neue Heimat gegeben. In Forth Worth, Texas. Mein Freund und dessen Frau starben bald nach ihrer Ankunft. Alte Bäume lassen sich nur schwer verpflanzen. Der Sohn erwies sich als Genie. Ein Eigenbrötler. Er schafft menschliches Leben auf Bestellung. Er befruchtete, im Labor, weibliche Eizellen mit männlichem Sperma und schuf den Menschen in der Retorte. Dann wies er nach, daß die Menschheit selbst dann weiterleben könne, wenn sich alle Männer bereits auf den Schlachtfeldern dieser Kriege umgebracht haben würden: er stellte männlichen Samen chemisch her und injizierte ihn in die Eizellen lebender Frauen. Neun Monate später brachten natürliche Frauen natürliche Babies auf die Welt. Und seit kurzem, meine Freunde, hat er Versuche abgeschlossen, die die Welt verändern werden: er kann im Labor Menschen erschaffen, wie er sie haben will oder sich erträumt. Oder aber – wie wir sie uns bei ihm bestellen.‹

›Undenkbar‹, ruft einer der Anwesenden. Die anderen schweigen verwirrt. Aus einem Ledersessel am Fenster kommt der Einwand, daß niemand ein Recht hätte, sich Gottes Werk anzumaßen. Ein jüngerer Mann will wissen, wie weit die Skala jenes Menschen reichen würde, den der Wissenschaftler von Fort Worth erschaffen kann.

›Johann Sebastian Bach, Jack the ripper, Gandhi‹, sagt der Mann am Kamin. ›Oder aber den Präsidenten der Vereinigten Staaten von Amerika für die letzten Dekaden dieses Jahrhunderts.‹«

»*C'est absurde*«, sagte Giselle. »Hirngespinste.«

»Wirklich?« fragte Orwill. »Vor wenigen Minuten hast du mir erzählt, Professor Jean Bernard aus Paris sei der Meinung, wir könnten uns schon bald einen neuen Mozart schaffen. Oder einen Hitler.«

»Das ist Monsieur Bernard's Theorie«, sagte Giselle, »sie ist noch keinesfalls untermauert. Wie auch immer – die Wissenschaftler von 1945 können noch nicht so weit fortgeschritten gewesen sein.«

»Jules Verne hat seine Reise zum Mond beschrieben, dreißig Jahre bevor Lilienthal den ersten Gleiter baute«, sagte Orwill.

»Das war Science-fiction«, sagte Giselle.

»Versuche zu vergessen, daß du eine der wenigen intellektuellen Garderobenfrauen New Yorks bist«, sagte Orwill. »Nur für diesen Abend.«

Giselle lachte. »Nur für diesen Abend. Wie geht deine Geschichte weiter?«

»Das Conglomerat bestellt sich in Fort Worth den Mann nach Maß. Er ist ungewöhnlich intelligent, gut aussehend, kennt keine Furcht und ist ein guter Sportler.«

»Und wenn er ein Bild seiner Eltern sehen will, erhält er aus Texas ein paar Farbfotos von Reagenzgläsern über Bunsenbrennern«, sagte Giselle.

Orwille sah sie bekümmert an. »Deine ungeborenen Kinder tun mir leid.«

»Warum?«

»Wenn sie sagen, ›Mammi, erzähl uns eine Geschichte‹, schiebst du eine Kassette in den Recorder.«

»Nein«, sagte sie, »ich rufe dich, *mon copain*.« Sie sah auf ihre Armbanduhr. »Es bleibt uns noch Zeit. Erzähle weiter. Wie erklärt sich der Retortenmann das Nichtvorhandensein von Eltern?«

»Die Herren der Welt stempeln ihn zum Waisenknaben«, sagte Orwill. »Sie schicken ihn auf ein Internat. Das beste in den Staaten. Sie erzählen ihm, daß sie Freunde seiner tödlich verunglückten Eltern seien. Der Junge darf die Herren besuchen, in den Ferien, reihum. Er nennt sie Onkel. Ein paar Jahre später kommt der Junge auf ein College. Er ist ein brillanter Schüler.«

»Und Kapitän der Fußballmannschaft«, lachte Giselle, »die Mädchen sind verrückt nach ihm.«

»Auch das.«

»Nimmt er die Mädchen auf sein Zimmer?«

»Selbstverständlich.«

»Du meinst, er hat einen richtigen Lümmel, wie andere Männer?«

Orwill nickte. »Aber ja. Er ist ein vollwertiger Mann, nicht Golem oder das Monster von Frankenstein.«

»Was geschieht, wenn er einer Mitschülerin ein Kind macht?«

Orwill warf die Hände in die Luft. »Das würde die Pläne der Onkels durchkreuzen.«

»Was ist mit dem Bauchnabel?« fragte Giselle.

»Wie meinst du das?«

»Der junge Herr der Welt ist nicht abgenabelt worden. Er stammt aus der Retorte. Wem nie die Nabelschnur durchschnitten wurde, kann auch keinen Bauchnabel haben.«

Orwill kratzte sich den Kopf.

»Kannst du dir einen Bauch ohne Nabel vorstellen?« fragte Giselle. »Die Mädchen werden sich wundern. Und die Fußballspieler unter der Dusche auch.«

»Das ist wahr«, sagte Orwill. »Dazu laß' ich mir was einfallen.«

»Der junge Herr braucht einen Namen«, sagte Giselle.

»William Akenside«, sagte Orwill. »Freunde in Harvard nennen ihn Bill.«

»Was studiert er in Harvard?«

»Jura, Politische Wissenschaften, Literatur. Dann kommt der Krieg.«

»Welcher?«

»Vietnam. Das Conglomerat entläßt ihn in die Armee. Er wird schnell Offizier. Dann kommt er an die Front. Bills Onkels sorgen dafür, daß er gut beschützt ist. Mit Rückendeckung zeichnet er sich vor dem Feinde aus. Einmal wird er leicht verwundet. Dann ist der Krieg zu Ende. William Akenside, der Veteran, kehrt zu seinen Studien zurück. Er ist ungebrochen: Kein Hasch, kein LSD, sehr selten Alkohol. Er verläßt Harvard mit den besten Noten, wird Anwalt und geht bald in die Politik. Das Conglomerat öffnet ihm alle

Türen. Sie sorgen dafür, daß er Debütantinnen trifft, die sich zur Ehe eignen: jung, schön, reich, vierte Generation Amerikaner, gute Abschlußzeugnisse aus Vassaar oder einer anderen berühmten Schule für junge Damen. William Akenside heiratet eine von ihnen. Zwei Jahre später wird er zum ersten Male Vater. Das Jahr darauf wählt ihn die Bevölkerung von Pennsylvania zum Senator. Er kommt in Washington sehr gut zurecht. Der Kongreß rühmt die Zusammenarbeit mit ihm. Akenside übernimmt den Vorsitz des Hauskomitees für auswärtige Angelegenheiten. Die Wahlen 1980 läßt das Conglomerat vorübergehen. Billy ist erst 35 Jahre. Noch nicht reif genug für den Präsidenten der Vereinigten Staaten. Die Herren der Welt nutzen die nächsten vier Jahre. Sie finanzieren Senator Akensides Informationsreisen zu den Regierungschefs wichtiger Länder. Mrs. Akenside ist stets dabei. Sie weiß zu repräsentieren. Sie gewinnt die Herzen der Ausländer im Sturm. In den Staaten ist es ebenso: Senator Akenside spricht in Montana, Neu England, Texas oder Kalifornien, und Mrs. Akenside sammelt auf Galabällen Geld für gute Zwecke. Ein halbes Jahr vor den Präsidentschaftswahlen '84 bringt sie ihr drittes Kind zur Welt. Das Conglomerat sorgt dafür, daß fast alle Zweige der Industrie stillschweigend hinter dem Senator aus Pennsylvania stehen, und der Senator selbst sorgt dafür, daß die Minoritäten jubeln. Er verspricht den Schwarzen Wohnungen und den Alten bessere Fürsorge während Krankheit und Inflation. Als erster Präsidentschaftskandidat in der Geschichte der Vereinigten Staaten schlägt er für das Amt des Vizepräsidenten eine Frau vor: Betty Brentwood. Auch sie ist sorgfältig von ihm und seinen Onkels ausgewählt: nicht mehr ganz jung und zur Fülle neigend. Einem Vergleich mit des Senators Frau hält sie nicht stand. Kein guter Christ käme bei ihrem Anblick je auf sündige Gedanken. Als Ausgleich dafür hat sie eine spitze Zunge und ihr Humor bringt Amerikaner vor den Fernsehschirmen stets zum Lachen. Das ist der eigentliche Grund für die Entscheidung des Conglomerats, Betty neben Bill zu stellen: den Herren war ein Fehler unterlaufen. Bei der Wunschliste aller Vorzüge, die der Forscher dem künstlichen Menschen mitzugeben hatte, war der Humor vergessen worden.

Während seiner Ferien auf Martha's Vinyard lädt Senator Akenside den Botschafter Saudi Arabiens in sein Wochenendhaus am Strand. Rein zufällig, so heißt es, habe der Botschafter Israels das Häuschen nebenan gemietet. Die drei Herren treffen ganz unorthodox aufeinander. Am nächsten Tag sagt Akenside zur *Washington Post,* daß mit Gottes Hilfe und dem guten Willen seiner beiden Gesprächspartner ein friedvolles Zusammenleben zwischen allen Arabern und den Israelis zu erreichen sei.

Kurz vor der Wahl stellt er sich dem Gegenkandidaten zur Fernsehdebatte. Die meisten Zeitungen sind der Meinung, daß Akenside das Duell gewonnen habe. Er sei ein eiskalter Denker, guter Stratege und scheine sich auf allen Gebieten, die Präsidentschaft betreffend, auszukennen. Außerdem würde sein Charme die Wählerinnen beeindrucken. Die überwiegende Mehrheit des Volkes schließt sich der Pressemeinung an. Sie verhilft ihm zum Sieg. Der 41. Präsident der Vereinigten Staaten heißt William Akenside. Selbst Bürger, die ihm die Stimme verweigerten, nennen ihn schon sehr bald Billy.

Das Conglomerat stellt Kabinett und Beraterstab zusammen. Der Kongreß erhebt keine Bedenken gegen die besten Köpfe dieses Landes. Jeder von ihnen ist ein Aß auf seinem Gebiet. Anfangs führen sie den Präsidenten am kurzen Zügel. Allmählich werden die Zügel länger. William Akenside lernt schnell. Die ersten zwei Jahre sind, von wenigen Ausnahmen abgesehen, erfolgreich für das Weiße Haus.

Wir schreiben das Jahr 1990. Der Panamakanal ist versandet. Die Panamesen hungern. Akenside schickt zunächst Lebensmittel. Dann schickt er Truppen. Die Bevölkerung jubelt den GIs zu. Der Kanal wird schiffbar gemacht und ist wieder fest in amerikanischer Hand.

Im gleichen Jahr schafft Akenside, was seine Vorgänger sich erträumten, doch nie erreichen konnten: die große Föderation zwischen den USA, Kanada und Mexiko unter dem Vorsitz der Vereinigten Staaten. Ein politischer Riese ist geboren. Die Bodenschätze der neuen Union lassen alles, was die Sowjets ihr eigen nennen, unwesentlich erscheinen. Uran, Öl und Erdgas sind ausreichend vorhanden. Das technische know how der Kanadier und Amerikaner läßt Mexiko zu nie erwarteten Wohlstand kommen.

Den Wahlkampf 1992 gewinnt Akenside mit der Parole *Die neue Unabhängigkeit.*

Das Wettrüsten mit den Sowjets ist durch SALT IV zu einem vorübergehenden Stillstand gekommen.

Im Weltraum sind die Amerikaner überlegen.

In acht Regierungsjahren hat William Akenside viel

erreicht. Die europäische Presse nennt ihn den *Kaiser von Amerika.*« Orwill holte tief Luft. Er sah Giselle fragend an.

»Wann hast du dir die Geschichte ausgedacht?« fragte sie.

»Vorhin«, sagte er, »als du mir aus dem Buch übersetzt hast.« Er ging zu ihr und fand hinter den Mänteln eine leere Whisky-Kiste. Orwill setzte sich. Er zog das Mädchen auf seinen Schoß.

»Ich wüßte einen guten letzten Satz für dein Buch«, sagte Giselle.

»Wie geht er?«

»Und wenn er 1992 nicht gestorben ist, dann lebt er heute noch.«

Orwill lachte. Seine Hand strich über ihre Knie und fand den Weg zwischen ihre Schenkel. »Daß du dir diese Netzstrümpfe nicht abgewöhnen kannst«, sagte er. »Deine Beine fühlen sich an wie mit Stacheldraht umwickelt.«

»Du bist sicherlich der einzige Mann, der es je gewagt hat, in diesen ehrwürdigen Hallen einer Frau unter den Rock zu fassen«, sagte sie.

»Meine Geschichte ist noch nicht zu Ende«, sagte er.

»*O merde*«, sagte Giselle.

»Der Schauplatz verlagert sich nach Afrika«, sagte Orwill. »Afrika hat sich in Stammeskriegen verblutet. Nur die Republik von Südafrika hält sich noch auf den Beinen. Auf wackeligen Beinen. Ein abgemagerter, zerfledderter Bettler. Der Präsident der Republik Südafrika bittet den Präsidenten der Vereinigten Staaten von Amerika, Mexiko und Kanada um hilfreiche Intervention. Akenside entsendet Truppen. Schwarze Truppen. Akenside schickt Geld, Techniker und Maschinen. Er macht aus dem Bettler einen gesunden Mann, der sich freiwillig in den Dienst seines hilfreichen Herrn begibt. Die ehemalige Republik Südafrika wird amerikanisches Territorium. Akenside hebt die Rassenschranken auf. Die schwarze Bevölkerung jubelt ihm zu. Seine eigenen schwarzen Truppen holt er nicht in die Staaten zurück. ›In einigen Jahrzehnten werden sich die wenigen verbliebenen Weißen mit den Schwarzen vermischt haben‹, so rechnet Akenside sich aus, ›wie in Brasilien heute – ein amerikanisches Bollwerk mit einer mir ergebenen Mischrasse am Kap der Guten Hoffnung.‹ Präsident Akenside studiert die Weltkarte. Wer das Kap hat, so stellt er fest, das Horn von Afrika und Australien, macht den Sowjets das Leben im Indischen Ozean sehr schwer. Er entsendet seine 10. Flotte zu Übungen vor der Küste von Somaliland.

Das Conglomerat schickt dem Präsidenten besorgte Telegramme. Er lädt sie zu sich nach Camp David. Seit Jahren ist es das erstemal, daß er mit ihnen spricht. William Akenside hat seine Onkels vergessen.

›Laß es genug sein, Bill‹, sagt der Senior der Versammlung, ›ein Riese, der sich überfrißt, wird sich erbrechen.‹ Sie fragen ihn, ob er aus den Fehlern von Napoleon oder Alexander keine Lehren ziehen wolle.

›Das waren Egozentriker, Feldherren‹, sagt der Präsident. ›Ich habe nicht die Absicht, als Eroberer in die Geschichte einzugehen. Ich will den Menschen helfen. Seht euch das Elend der Afrikaner an! Es wird Zeit, daß wir etwas unternehmen.‹

›Dann laß uns Fabriken bauen in den Ländern, die es nötig haben‹, sagt der Senior.

›Das genügt nicht‹, sagt der Präsident.

›Selbst hungernde Völker wünschen den reichen Besserwisser schon nach ein paar Jahren aus dem Lande fort‹, sagt der Senior.

William Akenside winkt ab. Er hört den Herren nicht mehr zu.«

Orwill ließ das Mädchen von seinem Schoß gleiten. Er sah zur verschlossenen Tür des Ahornzimmers.

»Das Conglomerat fliegt zurück nach New York und versammelt sich im *Old World Club* zum Kriegsrat«, sagte er. »Wie heute. Da drüben im Ahornzimmer. Soll ich die Szene für dich beschreiben?«

»Ja«, sagte Giselle.

»Ich erfinde den Dialog aus dem Stegreif. Wie die ganze Geschichte.«

»Entschuldige dich nicht«, sagte Giselle, »fang an.«

»Sie reden ungefähr so miteinander:

›Wir haben ihn verloren. Darüber besteht wohl kaum ein Zweifel.‹

›Nicht der geringste. Bill ist undankbar.‹

›Wofür sollte er uns dankbar sein?‹

›Immerhin haben wir ihn zu dem gemacht, was er heute ist!‹

›Wir haben ihn nicht gemacht – wir haben ihn machen lassen.‹

Alle lachen.

›Wir alle sind seine Väter.‹

Das Lachen wird röhrend.

›Erhebt sich die Frage, ob ich meiner Frau gestehen muß, daß ich einen unehelichen Sohn habe.‹

Die Männer schlagen sich auf die Schenkel. Einige wischen sich Tränen aus den Augen.

Dann folgt Schweigen, Nachdenken.

›Wir sollten es Bill sagen.‹

›Was?‹

›Auf welche Weise er entstanden ist.‹

›Da sei Gott vor, Mr. Malamud!‹

›Wie er es wohl aufnehmen würde?‹

›Katastrophe!‹

›Longwood, geben Sie mir die Flasche Rye mal rüber.‹

›William Akenside würde uns umbringen lassen. Jeden einzelnen von uns.‹

›Ausgeschlossen.‹

›Huntersville stirbt an Krebs, ich verunglücke mit meinem Wagen, Longwood begeht Selbstmord – es wäre nicht das erste Mal in unserer Geschichte.‹

Die Herren starren nachdenklich in die Flammen des Kamins.

›Es bliebe ihm keine andere Wahl. Schließlich sind wir die einzigen, die sein Geheimnis kennen.‹

›Was ist für ihn daran so schlimm?‹

›Akenside sichert sich seinen Platz in der Geschichte. Er wird nicht in die Geschichte eingehen wollen als der Präsident aus der Retorte.‹

Wieder Lachen. Doch nur vereinzelt und recht leise.

›Die Lüge über seine Eltern, denen er nie aufgehört hat, nachzutrauern – die Lüge über uns als die Freunde seiner Eltern! Bedenken Sie, meine Herren!‹

Kopfnicken. ›Das ist wahr.‹

›Seine Wut wäre wohl grenzenlos, wenn er es erführe.‹

Schweigen.

›Lassen Sie uns zu unseren Familien gehen. Wir werden das Problem heute abend nicht mehr lösen.‹

›Sie haben recht.‹

›Wir werden während der nächsten Wochen darüber nachdenken, was zu tun ist.‹

Allgemeiner Aufbruch. Einer bleibt sitzen.

›Sie bleiben noch ein wenig, Fairmont?‹

›In der Flasche ist noch ein Bodensatz. Der Rye ist ausgezeichnet. Während ich ihn gemächlich trinke, will ich an den kleinen Billy denken. Die Antwort auf meine offenen Fragen befindet sich unter dem Bodensatz in dieser Flasche.‹

Lächeln. Schulterklopfen. In der Halle lassen sie sich von einer hübschen jungen Französin in die Mäntel helfen. Sie setzen ihre Hüte auf.

›Wann machen Sie denn Ihr Examen, mein hübsches Kind?‹

›Gleich nach Neujahr, Mr. Huntersville.‹

›Und was wird dann?‹

›Hoffentlich eine Stellung als Dolmetscherin, Monsieur.‹

›Sprechen Sie mich nächstesmal darauf an, mein Kleines. Da wird sich schon was machen lassen.‹

Allgemeiner Abgang. Der Korporal da draußen auf dem roten Teppich salutiert, steckt Trinkgelder ein und schließt hinter den Mächtigen der Welt die Türen ihrer Limousinen. Wie gefällt dir die Szene?«

»*Tu es drôle*«, sagte Giselle. »Aus jeder Kleinigkeit backst du einen großen Kuchen.«

Orwill rieb sich die Augen. Sie waren rot. Ein langer Tag lag hinter ihm. Ein Tag wie jeder andere im Büro.

Schreibmaschine, Telefon, Fernschreiber. Abends das Pokerspiel mit Hank und Al.

»Das letzte Kapitel handelt von Mord«, sagte er.

»An dem Conglomerat?« fragte sie.

»Nein«, sagte Orwill, »das wäre zu einfach. Die Herren kommen wieder zusammen. Sie gestehen sich ein, wahrhaftig ein Monster geschaffen zu haben. Mr. Malamud macht den Vorschlag, das Monster zu vernichten. Einige protestieren lautstark. Sie sind nicht gewillt, sich eines Mordes schuldig zu machen. Auch nicht der Mittäterschaft. Die Herren beschließen, den Forscher einzuladen, jenen Wissenschaftler aus Fort Worth, der den Präsidenten geschaffen hat. Sie veranstalten ein Hearing. Der alte Mann ist immer noch der Hausarzt des Präsidenten. Er scheint das Vertrauen des *Kaisers von Amerika* zu genießen. Unter dem Druck der Versammlung gibt er zu, daß ihn der Größenwahn dieses Mannes schon seit Jahren nicht mehr schlafen lasse.

Einer aus der Runde sagt leise: ›Wir müssen ihn vernichten, bevor er uns vernichten kann.‹

›Man würde Ihnen zu Recht Mord vorwerfen‹, sagt der Wissenschaftler, ›bezahlten Mord aus niedrigen Motiven.‹ Er stellt sich mit dem Rücken an das Feuer, wärmt die alten Knochen. ›Im Gesetzbuch ist ein solcher Fall nicht vorgesehen‹, sagt er mit dünner Stimme, ›und an meiner Person werden sich die Geister scheiden, denn ich nehme folgenden Standpunkt ein: der einzige, der den Präsidenten seines Lebens berauben darf, ist der, der ihm dieses Leben ermöglicht hat – ich.‹

Die Herren sitzen wie erstarrt.

›Nur Gott kann Leben geben und Leben nehmen.‹ Niemand weiß, wer es gesagt hat.

›So sollte es sein‹, sagt der alte Mann. ›So ist es auch einmal gewesen. Doch das ist lange her. Inzwischen haben wir uns eingemischt. Wir pfuschen Ihm ins Handwerk.‹

›Wenn Sie vor Gottes Richtertisch stehen‹, fragt Mr. Huntersville, ›was werden Sie tun?‹

›Auf seine Fragen antworten. Nach bestem Wissen und Gewissen‹, antwortet der Greis, ›so wahr Er mir selber helfe.‹ Ein Kichern schüttelte den dürren Körper.

›Haben Sie ein Plädoyer bereit?‹

›Nur einen Satz‹, sagt der Professor.

›Dürfen wir ihn hören?‹

›Auch Dir, o Herr, ist nicht alles ganz perfekt gelungen.‹

›Blasphemie!‹, ruft Huntersville.

Fairmont nippt an einem Glas mit Rye. ›Das Wort hat Bedeutung für uns alle‹, sagt er. ›Wir haben ein Monster geschaffen. Jetzt müssen wir die Welt von ihm befreien.‹ Er wendet sich an den alten Mann vor dem Feuer. ›Können Sie das für uns tun?‹

Der alte Mann zögert.

›Wie Sie's auch drehn und wenden, Professor‹, sagt Huntersville, ›vor dem Gesetz ist und bleibt es Mord.‹

›Sehr richtig‹, sagt ein Herr, der weit hinten in einer dunklen Ecke steht. ›Der Präsident wird eine Witwe und drei Kinder hinterlassen. Das sollte nicht vergessen werden.‹

›Der Präsident ist im Begriff, die Welt zu erobern‹, sagt Mr. Malamud. ›Es wird ihm nicht gelingen. Stattdessen wird er die Welt vernichten.‹

Fairmont wiederholt seine Frage an den alten Mann. ›Können Sie es für uns tun?‹

›Ich will darüber nachdenken‹, sagt der Greis am Feuer.

›Das ist verständlich‹, sagt Fairmont. ›Schließlich haben Sie ja auch nicht sofort ja gesagt, damals, als wir Bill bei Ihnen in Auftrag gaben.‹«

Giselle stieß einen Schrei aus. Orwill zuckte zusammen. Dann sah er, daß sie lachte. Der Butler hinkte aus dem Ahornzimmer. »Was ist geschehen?«

»*Rien*«, sagte Giselle, »Orwill hat was komisches gesagt. Ich mußte lachen.«

»Dann ist es gut«, sagte der Butler, »ich dachte schon, du weinst.«

»Das tut sie auch«, sagte Orwill. »Es ist wegen dieser großen Zwiebel.«

»Zwiebel?« fragte Giselle.

»Diese ganzen Mäntel hier. Sie hängen an Haken, rundherum im Kreis«, sagte Orwill. »Viele Schichten einer großen Zwiebel. Wer von den Herrn nach Hause gehen will, muß Giselle um seine Schicht der Zwiebel bitten. Ich sitze im Inneren der Zwiebel. Haut für Haut geht fort. ›Gute Nacht, Monsieur‹, und ein wenig später: ›Bis morgen, Mr. Malamud‹. Nacht für Nacht hält Giselle Zwiebelschalen für die Mächtigen bereit.«

Der Butler faßte sich an den Kopf und hinkte zurück ins Ahornzimmer.

»*Tu es completement fou*«, sagte Giselle. »Glaubst du, daß ich es mit einem Verrückten wie dir sehr lange aushalten werde?«

»Nein«, sagte Orwill. »Das hat bisher noch keine Frau geschafft.«

Giselle setzte sich auf seinen Schoß.

»Ich hasse diese Netzstrümpfe«, sagte er.

»Stirbt der Präsident am Schluß?« fragte sie.

Er nickte. »Es geht nicht anders.«

»Wie wird er umgebracht?«

Orwill kratzte sich den Kopf. »Eine schwere Hürde für den Autoren«, sagte er. »Wäre William Akenside ein Roboter, ginge alles leicht. Du reißt die Kabel raus, oder die Energiezellen, und schon ist Schluß. Mit Präsidenten verhält es sich anders. Sie werden meist erschossen. In Theatern, oder in Autos.« Er dachte nach. »Mein künstlicher Präsident wird eines natürlichen Todes sterben«, sagt er dann. »Nach außen hin. Hinter den Kulissen wird etwas nachgeholfen, das ist klar. Der Forscher in Fort Worth hat sich Zeit gelassen, ihn zu schaffen. Nun läßt er sich auch Zeit beim Töten. Obgleich ihm selbst nicht mehr viel Leben zur Verfügung steht. Er ist schon um die Neunzig.

Der Präsident erhält regelmäßig Aufbauspritzen, Jungmacher, ein Serum, aus Affendrüsen hergestellt. Der Professor ändert die Zusammensetzung, jedoch nur allmählich. Er reicht William Akenside den Tod in kleinen Quanten. Die Welt muß zusehen, auf Fotos und am Bildschirm, wie der kraftstrotzende *Kaiser von Amerika* verfällt: Herbst. Ein Blatt, gestern noch grün, färbt sich, gelb, braun, wird schrumpelig, trokken, fällt zu Boden. William Akenside stirbt in den Armen seiner Frau. Die Kinder stehen um das Bett herum. Der Fotograf des Weißen Hauses ist auch dabei. Er macht ein Foto für die Ewigkeit. Die westliche

Welt trauert mit Kanadiern, Amerikanern, Mexikanern. In Washington wird ein Denkmal errichtet, und in den Geschichtsbüchern der Schulkinder findet Akenside seinen Platz gleich neben Washington und Lincoln.« Orwill lachte. »Niemand kennt sein Geheimnis. Nur der Professor, das Conglomerat und ich.«

»Und deine Leser«, sagte Giselle.

»Wie spät ist es?« fragte Orwill.

»Viertel nach Zwei«, sagte Giselle.

»Morgen bleiben wir den ganzen Tag im Bett«, sagte er. »Oder wir machen Feuer im Kamin, strecken uns auf dem Teppich aus und lesen die Sonntagszeitung.«

»Du hast Betty vergessen«, sagte Giselle.

»Welche Betty?«

»Brentwood, die Vize-Präsidentin. Nach der Ermordung des Präsidenten übernimmt Betty Brentwood das Weiße Haus. Die Verfassung der USA will es so, oder nicht?«

»Ja«, sagte Orwill. »Das ist richtig.«

»Zum erstenmal in der Geschichte der Vereinigten Staaten leitet eine Frau die Geschichte der Vereinigten Staaten. *Extraordinaire!* Deine Leserinnen werden dir zu Füßen liegen. Schreib das Buch. Fang gleich Montag damit an«, sagte Giselle.

»Montag muß ich drei Artikel schreiben«, sagte er. »Die Frankfurter werden ungeduldig.«

»Wie soll das Buch heißen?« fragte Giselle.

Orwill gähnte.

»*Der Kaiser von Amerika* ist kein schlechter Titel«, sagte sie.

»Gibt es schon«, sagte er.

»Präsident aus der Retorte«, schlug Giselle vor.

Orwill schüttelte den Kopf.

»Der Professor hätte sich in seinen Zutaten natürlich auch irren können«, sagte Giselle.

»Worauf willst du hinaus?« fragte Orwill.

»Wenn alles fertig ist und der Forscher besieht sich die Zeugung aus der Retorte, stellt er fest, daß er einen Schwulen geschaffen hat«, sagte Giselle. »Oder einen Neger.«

»Ich hab' beim Pokern 15 Dollar verdient«, sagte Orwill. »Eigentlich wollte ich dir im *Plaza* noch einen Drink kaufen, wenn du hier fertig bist. Das tue ich jetzt nicht mehr.«

»Wann schreibst du das Buch?« fragte Giselle.

»Nie.«

»Nie?«

Er schüttelte den Kopf. »Du hast mir den Mut genommen.«

»Du solltest das Buch schreiben«, sagte sie.

»Nein«, sagte er. »Ich schreibe Artikel. Jeden Tag und jeden Tag. Wenn die Leute mich gelesen haben, knüllen sich mich zusammen und werfen mich in den Papierkorb. Mein Buch würde sicher auch im Papierkorb landen.«

»Bücher stellt man ins Regal«, sagte Giselle.

»Ja«, sagte Orwill, »und Skulpturen auf einen Sokkel.«

»Wo sollten Skulpturen sonst stehen?« sagte Giselle.

»Ich hab' mal einen Mann gekannt, der hat jeden Winter vor dem *Posthotel* von St. Moritz eine Statue aus Schnee gebaut. Groß. Gut drei Meter hoch. Mal war's ein Reiter auf einem Roß, einmal eine nackte Frau, das Jahr darauf drei Kinder auf einem Rodelschlitten. Nachts hat er Wasser auf seine Werke gesprüht. Am nächsten Tag leuchteten sie wie Bergkristalle in der Sonne. Es sah herrlich aus. Touristen haben sich davor fotografieren lassen. Kinder haben daran herumgekratzt. Im Frühling, als der Schnee zu Wasser wurde, schmolzen auch die Skulpturen. Das hat dem Mann nichts ausgemacht.«

»Schreib das Buch«, sagte Giselle.

»Ich hab' dir die Geschichte doch erzählt«, sagte Orwill, »wozu soll ich sie noch schreiben?«

»Tu es drôle«, sagte Giselle.

»Morgen bleiben wir den ganzen Tag im Bett«, sagte Orwill. »Vom Bett aus sehen wir den Schneeflocken zu, wenn sie am Fenster vorbeiwirbeln.«

»Ich glaube, du bist nur zu faul, das Buch zu schreiben«, sagte Giselle.

»Ja«, sagte Orwill. »Das auch.«